妖精王と二人の花嫁

秋山みち花

幻冬舎ルチル文庫

CONTENTS ✦目次✦

妖精王と二人の花嫁

✦カバーデザイン＝吉野知栄（CoCo.Design）
✦ブックデザイン＝まるか工房

イラスト・街子マドカ✦

妖精王と二人の花嫁

1

「天音《あまね》……これって、夢……か……？」

訊《たず》ねる声は極度に震えていた。

ほんの三十分違いとはいえ、自分のほうが年上なのだから、しっかりしなきゃ……。

そう思いつつも、奏矢《そうや》は琥珀色《こはくいろ》に近い目を呆然《ぼうぜん》と瞠《みは》るしかなかった。

何故《なぜ》か、草原のど真ん中に立っていた。

眼前に広がる景色には、なんとなく覚えがあった。このところ毎夜のように訪れる夢の中で、これと似た風景を見た気がする。

だが、夢の時とは違って、大地を踏みしめているひんやりとした感覚があるし、頰《ほお》を嬲《なぶ》る風の感触もひどくリアルだ。

「奏矢……ぼくたち、同じ夢……見てるだけ、なのかな？」

答えた弟の声も、不自然で掠《かす》れがちだった。

「同じ夢？　そ、そうかもしれないな。いや、きっとそうだよ。だって俺……この景色、夢で見たことあるし」

「奏矢も？　ぼくもこの景色、見覚えあるんだけど」

「えっ、ほんと？　よかった……。それなら、俺たちやっぱり同じ夢を見てるだけか。うん、そうだよ……。なんたって俺たち双子だしな。今までだって、こういうのあっただろ？」

奏矢は強《こわ》ばった頰を無理やりゆるめながら、弟の天音を振り返った。

本音を言えば不安でいっぱいだったけれど、意地でも怖がっている顔は見せられない。

「そんなことあったかな？　ぼくは覚えてないけど……」

小さく首を傾《かし》げた天音に、奏矢は焦り気味にたたみかけた。

「ほら、幼稚園の時だよ。二人で沙由紀《さゆき》先生にお花あげる夢、見ただろ？」

「お花あげる夢って、それ違うよ。夢じゃなくて、本当にあげたんだよ」

日頃から優等生でとおっている天音は、こういう時の受け答えも落ち着いている。

「いや、だからさ。あげる前に夢見ただろ？」

奏矢は拳《こぶし》を作って力説した。

「そうだった……？」

「絶対に見たって。あの頃、俺たちは二人とも沙由紀先生が大好きだったんだから」

反応の薄い弟に、奏矢はさらに重ねた。

さして重要でもないことでむきになっているのは、現実を認めたくないからだ。

「でも、ここってどこなんだろうね？」

天音は明るめのさらさら髪を揺らしながら、後方に首を巡らす。

奏矢の目にも映っているのは、見事と言うしかない緑の草原だった。

ゆるやかな起伏が続く大地は一面が草花で覆われ、風がとおり抜けるたびに、さざ波が押し寄せてくるかのように白い輝きを放っている。ところどころに針葉樹の森が点在し、彼方《かなた》には雪を戴《いただ》いた雄大な山脈が横たわっていた。

そして頭上の青い空にはふんわりとした白い雲――。

言葉にすれば、ただの美しい大自然が目の前にあるだけだ。

けれども奏矢には、自分たちがどうしてこの地に至ったかの記憶がない。

「お、俺たちって、高二になってもまだガキってこと？　どうせ夢を見るなら、こんな格好じゃなくてもいいよな」

奏矢は自分の着衣に視線を落とし、それからゆっくり双子の弟の格好もチェックした。

二人とも、昨夜ベッドに入る時に身につけていた、薄手の紺色ジャージとスウェットという姿だ。

天音は小さくため息をつき、細い腕を上げて前髪を掻《か》き上げる。

「ぼく、思ったんだけどさ。これって異世界トリップとかじゃないかな？」

「そ、そんなわけないだろ。異世界トリップなんてラノベとかアニメでしか起きないって」

奏矢は強い口調で否定しながら、弟を軽く睨《にら》んだ。

「それじゃ、ここはなんなの？　日本のどこか？　こんな草原が広がってるって、北海道あたり？　ぼくたち寝てる間に誘拐でもされたってこと？」

矢継ぎ早に細かな突っ込みをされると、反論する余地もない。それでも、いきなり異世界にトリップしただなんて、絶対に認めたくなかった。

現実世界でだって、平穏無事な人生を送れるとは限らない。

奏矢と天音が、交通事故で両親を一度に喪《うしな》ったのは二年前のことだった。今は両親が遺《のこ》してくれたマンションで、兄弟二人きりで暮らしている。母の従姉妹《いとこ》に当たる人が後見人になってくれたけれど、実際にはほとんど行き来がない。住まいが遠いうえ、叔母《おば》は共働きであまり時間が取れないのだ。それに叔母の子供たちはまだ幼くて、一月に一度こちらから近況を知らせる電話をするのも気が引けるほどだった。

幸い充分な保険金が遺されたので、奏矢と天音は両親が生きていた頃と表面上はさほど変わりない生活をしている。両親を一度に喪った悲しみは大きかったが、それも、二人で支え合ってなんとか乗り越えてきたのだ。

しかし、今度という今度は途方に暮れるばかりだった。

少し時間が経《た》てば、毎朝アラームの電子音で目覚める時のように、あっさりと現実に戻れるだろうか？

大急ぎで顔を洗ってグレーのエンブレム付きの制服に着替え、トーストを囓《かじ》りながら最寄り駅までダッシュする。そんな日常がやってくるだろうか？

もし、すぐに戻れなかった場合は、まったく知らない世界でどうすればいいのだろう？　食料は？　寝る場所は？　そもそも差し迫って命の危険はないのか？

ここが万一、剣だの魔法だのがある世界だとしたら、完全にお手上げだ。

「と、とにかくさ。こんな野原の真ん中に突っ立っててもしょうがないし、少し移動してみない？」

奏矢はめげていないことを見せつけようと、ことさら元気な声を出した。

「ぼくは、もう少しここでじっとしてたほうがいいと思うけど……」

天音は案外慎重な意見だ。

「そ、そうだね。天音がそう言うなら、もう少しここで様子を見ようか」

確固たる意志があったわけでもない奏矢は、力なく応じた。

天音は琥珀色の瞳をずっと遠くへと向けている。いつも身だしなみに気をつける真面目《まじめ》な性格なのに、今はさらさら髪も乱れていた。

部活のテニスで少し陽焼けしている奏矢とは違い、天音は透きとおるような色白で、女子からもしょっちゅう可愛いとか素敵だとか言われている。くりっとした目元、すっきりした鼻筋や薄めの唇。全体の輪郭も亡くなった母にそっくりで、小さな頃はよく女の子に間違われていた。基本的には奏矢も同じ顔の造りだけれど、天音のほうが繊細さに勝り、だからこそよけいに守ってやらなくちゃという気にさせられる。

それから三十分ほどの間、二人はじっとしていた。

薄いスウェットの上下に裸足《はだし》という格好でもさほど寒くはない。でも、ずっと立ちっぱなしでいると足が痛くなってくる。奏矢はなんとなく空腹も感じ始めた。

こんな状況下でも朝食を食べたいと思うのは、健康な証拠だろうか。

頭を過《よ》ぎった皮肉な考えに、奏矢は自嘲《じちょう》気味なため息をついた。

とにかく草原の真ん中で、しかも携帯端末もなしではデリバリーも頼めない。

ここはやはり兄である自分が動くしかないと、奏矢はぎゅっと両手を握りしめた。

「なあ、天音。俺、やっぱりちょっと様子を見てくるよ」

「奏矢？」

「ほら、あそこの森あたりまで。俺、走って行ってくるから、天音はここで待っててなよ」

奏矢はそう言いながら、前方に見える森を指さした。

天音もちらりと視線を巡らす。しかし、口から出てきたのは反対意見だった。

「一人じゃ危ないよ。ぼくも一緒に行きたいけど、ここを動くのも不安がある。ぼくたちがこの世界に出現した最初の場所だから、何かあるとしたら、ここから始まる可能性が大だと思う。でもこの草原には目印もないし、だからもう少し様子を見ようよ」

天音は恐《こわ》がりもせず、あくまで冷静に状況を判断している。奏矢はちょっと気後《きおく》れを感じると同時に、自分の片割れを誇らしくも思った。

「天音はさすがだね。でもさ、このあたりのこと、もう少し詳しく知っといたほうがいいだろ？　見たところ、小鳥や虫の鳴き声がしてるだけで、他に危険な気配は感じない。とにかく、俺はあの森まで走って行ってくるよ。何か食料になりそうなものが見つかるかもしれないし。だから、天音はここで待ってなよ」

天音の意見に堂々と反論するだけの根拠はないが、何もしないでじっとしているのは、そろそろ限界だった。

一卵性双生児として生まれたけれど、二人の性格はまったく異なっている。

奏矢は頭で考えるよりも先に行動を起こし、その経験を生かして進むべき道を見極めるタイプだ。高校の同級生からは、猪突猛進型と言われたこともある。

子供の頃は一緒にピアノを習っていた。奏矢は中学でテニス部に入ったのをきっかけに止《や》めてしまったが、天音はまだレッスンを続けていた。今は吹奏楽部に所属してフルートもやっている。ピアノの腕前はそこそこらしいが、フルートで音大を目指してはどうかと薦められているほどだ。それも日頃から地道に努力を重ねるタイプの天音ならではの話で、奏矢にはとても真似ができない。

「ほんとに奏矢一人で行くの？」

「うん、あそこまでならたいした距離じゃないし、俺、体力だけは自信あるからダッシュで行ってくる。森の中の様子を見たら、すぐに戻ってくるよ」

奏矢は片割れの澄んだ目をじっと見つめて説得した。

このまま状況が変わるのを待つだけではどうしようもない。天音もそれはわかっていて、渋々といった感じで頷《うなず》く。

「わかった。それなら奏矢、森の様子見てきてくれる？」

「うん、任せとけ」

奏矢はにっこり微笑《ほほえ》んで、天音に背を向けた。

「あ、待って、奏矢」

「何？」

「気をつけてね。絶対に無茶しないで」

「わかってるよ。心配性だな。すぐに戻ってくるから。俺たちどんな時だって一緒だろ？」

心配そうな顔の天音に、奏矢は意識的に明るい声を出した。

やはり天音だって、自分と同じで不安なのだ。

奏矢はほっと一つ息をつき、あとはもう振り返らずに、全速力で前方の森を目指して走り出した。

びっしりと下草の生えた土は、裸足でも少しも痛くない。むしろ気持ちがいいぐらいで、奏矢は息を切らしながら森まで駆けとおした。

木立の中に入っていくと、やはりここが異世界であるとの疑いが濃厚になった。外から見ただけではわからなかったが、森を構成していたのは今まで見たことのない種類の樹木だ。

もちろん奏矢だって、地球上のすべての植物を知っているわけじゃない。

けれどもこの森の樹木は、葉っぱは緑だけれど幹の色が異様だった。白いものは白樺《しらかば》に似ていなくもないのでまだいいが、他は黄色や橙《だいだい》、緑、青、そして赤と紫まで、まるで虹のような色彩だ。

「あっ」

しばらく奥へと進んでいくと、巨大な蝶《ちょう》も舞っていた。アオスジアゲハに似ているが、翅《はね》を広げると一メートル以上はありそうなサイズだ。

驚きで息をのんでいると、赤い幹の陰からのっそり顔を覗《のぞ》かせた動物がいた。

「うわっ」

奏矢は思わず尻餅《しりもち》をつきそうになった。

現れたのは巨大なコアラ……いや、コアラに似た顔の二足歩行の動物だ。グレーの毛がふさふさして、くりんとした目と丸い耳を持っているが、身長は奏矢を上まわっている。

とりあえず襲いかかってくる様子はない。しかし、このコアラもどきが肉食じゃないという確信は持てなかった。

奏矢はコアラもどきを見据えたままで、そろりそろりと後退した。

幸いなことに、二足歩行のコアラもどきは、奏矢にはすぐに興味をなくしたようで、森の奥へと歩いていく。

一難去ってほうっと大きく息をつくと、今度は甘ったるい匂いが鼻先を掠《かす》めた。

「なんだろう？」

注意深く振り返ると、黄色の幹の向こうに、白い巨大な花が見える。

これも奏矢の身長を超える高さの植物で、紫色の太い茎には葉っぱらしきものがない。肉厚の五弁の花びらの真ん中に、真っ赤な雄蕊《おしべ》と雌蕊《めしべ》が伸びていた。

目を凝らしていると、その花の雌蕊らしいものが突然ぐにゅりと伸びて、二、三本先の幹に飛びつく。雌蕊はすぐに縮んで元の位置に戻り、五弁の花びらがぴたりと閉じた。だが、そのあと白い花は、まるで捕らえた何かを咀嚼《そしゃく》するような動きをみせる。

「うわっ、なんか気持ち悪……っ、あれって食虫花……それとも食肉……？」

禍々《まがまが》しい花に恐怖を覚えた奏矢は、ぶるりと身体《からだ》を震わせた。

油断すると自分も襲われるかもしれない。

この森は絶対に危険だ。食べられそうな果実でも見つけられればいいのにとか、暢気《のんき》なことを考えていたけれど、うっかり手を出せるような状況ではなかった。

早く草原に戻ろう。

そう思った時、奏矢は再び息をのんだ。

巨大な食中花の後方で、何かが黒い影のようなものが動いたのだ。いや、影というより、黒く広がる煙か、あるいは禍々しい黒い霧のようなものだ。

それがそろりそろりと、まるで触手を伸ばすように細長く、こちらに向かって伸びてくる。

背筋がぞっと凍りついた。

でも、足がすくんですぐには逃げ出せない。

——こっちへ来い……。さあ、こっちだ……。

何故か、そんな幻聴まで聞こえた気がして、さらに恐怖が高まった。

黒い触手のようなものはゆっくりと、でも確実にこちらへと伸びてくる。

早く……逃げないと……っ！

動かない足に無理やり力を入れた時、黒い霧の中心に誰か立っているのが見えた。

恐ろしくきれいに整った白い顔だった。黒い頭巾《ずきん》をすっぽり被《かぶ》っているので、男か女かわからない。奏矢に向かってくる触手は、その人間の胸から伸びていた。

こんなの人間じゃない！

あの花と一緒で、俺を惑わして食う気だ！　こんな薄気味悪い森はもうたくさんだ！

奏矢は恐怖で強ばる身体に力を入れ、懸命に逃げ出した。

七色に輝く幹の間を抜け、全速力で天音が待つ草原を目指す。

——逃げるな。こっちだ。

さっきも聞こえた声が、後ろから追ってくる。

――こっちへ来い。

これは絶対、幻聴だ。怖いと思うから、こんな変な声が聞こえるんだ。

奏矢は必死に己《おのれ》を叱咤《しった》しつつ走りに走った。

途中で一度振り返ると、幸いなことにもう人影や触手は消えていた。黒い影もなくなって、極彩色の幹が連なる森だけが見えていた。

奏矢はほっとしたが、そのままスピードをゆるめずに走り続けた。だが、あと数歩で森を抜けるといったところで、思わず足を止める。

草原には視界を遮るものは何もない。だから一瞬にしてその光景が目に入った。

天音が数人の男たちに囲まれている！

「天音……っ！」

心臓がドキンと大きく鳴った。

黒い霧どころの騒ぎじゃない。あれは正真正銘人間の男たちだ。

無我夢中で飛び出そうとして、その寸前、辛《かろ》うじて衝動を堪《こら》えた。

今のところ、天音は男たちに襲われているといった感じではない。でも、どういう展開になるか、予測はつかなかった。

「と、とにかく何か武器を……っ」

スポーツは得意なほうだが、喧嘩《けんか》はほとんどしたことがなかった。素手で数人の男を殴り倒せるほどの腕力もない。奏矢は焦り気味に森の下草に目を凝らし、木刀代わりになりそうな枯れ枝を拾い上げた。

道場に通ったことはないけれど、体育の授業で剣道の筋はいいと褒められたことがある。奏矢はその言葉だけを頼りに、恐怖心を払い除《の》けた。

たとえ敵《かな》わなくとも、天音だけは絶対に傷つけさせない！

強い決意とともに、だっと走り出す。

「天音――っ！」

草の根で素足が擦《こす》れ、無数の細かい傷ができた。途中で下草に足を取られて転びそうになるが、奏矢は必死に天音のそばまで駆け寄った。

「天音！　大丈夫かっ？」

「奏矢？」

天音を庇《かば》おうとした瞬間だった。

目の前にさっと銀色に光るものが突き出される。

「！」

天音との間を裂いたのは、長剣だった。

怖いと感じるより、怒りのほうが大きかった。なんて危ない真似をするのだと、剣の持ち主を睨みつける。

そして奏矢は再び息をのんだ。

長剣を突きつけた男はかなりの長身で、中世の騎士か、あるいは若き王様とでも言いたくなるような格好だった。

軍服っぽいデザインの紺色地の上着には、胸だけではなく立襟《たてえり》や肩、袖《そで》に至るまで、煌《きら》めく銀の縫い取りが施されている。脚衣は白で、膝まで覆う革のブーツも白。そのうえ地面に届きそうなほど、たっぷり長さのある白のマントを羽織っているという華やかさだ。

しかし、奏矢をもっとも驚愕《きょうがく》させたのは、その男の美貌《びぼう》だった。

彫りが深く端整な面《おもて》に、澄みきった青紫の双眸《そうぼう》。銀色の長い髪は、ゆるく波打つようにマントの腰あたりまで伸びている。

そして、その長い銀の髪の間から覗く尖《とが》った耳……！

瞬《まば》きをしても、おかしな形の耳が見えているのは変わらない。華やかな服装に似合いの銀のピアスをつけた耳は、先端が尖っていた。

まさか、エルフ……？

頭には自然とそんな単語が浮かぶ。

これがエルフのコスプレならば、出来映えは完璧《かんぺき》だ。でも、美貌の男はその装いといい、耳の形といい、どこにも不自然さが感じられなかった。

まさか、本当にエルフ、なのか……？

「待って！　奏矢はぼくの兄弟です。剣を収めてください！」

天音の叫びを聞いて、奏矢ははっと我に返った。

天音の声に反応してか、ゆっくり目の前の剣が引かれる。

奏矢は間髪を容れず、天音に飛びついた。そして、天音を背中に庇う体勢で長身の男に向き合った。

「天音を傷つけたら許さないからなっ！」

『────、────？』

奏矢が叫ぶと、すかさず冷ややかで音楽的な声が返ってくる。

だが、男が何を言ったのか、まるで理解できなかった。

「な、何言ってんだよ？」

奏矢は警戒を解かず、必死に身構えた。

『────』

「待って。奏矢はぼくの兄弟なんだ。だから奏矢も一緒に」

背後に庇ったはずの天音から意外な言葉が飛び出して、奏矢は慌てて振り返った。

「天音？　何言ってんの？」

『────、────、アマネ？』

聞き取れたのは「天音」という呼びかけだけだ。

「そうです。奏矢が一緒じゃなきゃ、ぼくも行きません。ぼくたち、双子なんですから」

天音が凛《りん》と言い放つと、男の表情にほんの一瞬だが嫌悪の色が浮かぶ。

ちょっと目を離した隙《すき》にこんな展開になるなんて、自分の油断が許せない。

しかし、不思議なのは天音だった。まるでこの世界の言葉が話せるみたいだ。奏矢には意味のない音楽としか認識できない言語なのに、天音は何故か、明らかに目の前の男と会話している。

「あ、天音……こいつら、何者？　何、話してるの？」

「奏矢、大丈夫だから、落ち着いて。この人たちにはちゃんと説明する。奏矢を傷つけたりなんかさせないから、安心して」

「天音」

奏矢は情けない声を上げた。

天音を守る役目を果たすはずだったのに、これでは自分のほうが守られている感じだ。

目の前に立ちはだかった男は、形のいい眉を僅《わず》かにひそめ、ゆっくり長剣を鞘《さや》に収める。

とにかく今すぐ斬《き》りつける気がないことだけはわかって、奏矢はほっと胸を撫《な》で下ろした。

それにしても、こんなにきれいな男性は今まで見たことがなかった。

耳が尖っているし、正確には人間じゃないのかもしれないが、視線どころか魂までわしづかみにされたように惹《ひ》きつけられてしまう。

豪華な服装、そして力強いけれど優雅な所作からしても、この世界では相当な身分、もしくは高い地位についていることは間違いない。

背後には、馬の手綱《たづな》を取った部下らしき男たちも三人控えていた。服装の華やかさには少し差があるが、美貌の男と同じく尖った耳を持っている。そして髪や目の色は違うが、皆が揃《そろ》ってきれいな顔立ちだった。

離れて控えている男だけは黒ずくめの地味な軍装で、ごく普通の人間に見える。つまり耳が尖っていないのだ。そうは言っても、日本人にはまったく見えない。長身揃いのエルフよりさらに一まわり体格がよく、癖のある黒髪を無造作に肩まで伸ばしている。肌が陽に焼けたように浅黒く、瞳は明るい空の色。顔立ちも荒削りだが精悍《せいかん》に整っている。雰囲気的には、ファンタジー超大作に出演中のちょっと癖のある役者といった感じだ。

『アマネ、――――――?』

「ええ、絶対に一緒じゃなきゃいやです。それと、奏矢にもペンダントを渡してください。同じように話ができないと困りますから」

天音はやけに堂々と主張しているが、奏矢には話の展開が少しもつかめなかった。

天音と話していた美貌の男は、渋々といった感じで背後の部下を振り返る。そうしてその部下から、銀の鎖の先に楕円形の青い石のついたペンダントを受け取った。

男はいきなりそれを奏矢に投げて寄こす。

「あっ」

空中で辛うじてペンダントをつかんだ奏矢は、ムッとしたのを隠さず男を睨みつけた。

天音にはすごく丁寧な態度なのに、自分のことは罪人か奴隷《どれい》並みに見ているらしい。

「奏矢、そのペンダントを首にかけて、石にキスしてみて」

「えっ、そんな……あんな奴らがくれたもの、信用しないほうがいいんじゃないか？」

奏矢はそう抵抗したが、ふと気づくと天音も同じ造りのペンダントを首にかけている。

「このペンダント、自動翻訳機になってるみたいなんだ。石にキスしたら、あの人たちが話してることがわかるようになるから」

「自動翻訳機……？」

次から次へとついていけない展開が続き、奏矢は大きくため息をついた。

とにかく、今すぐ身の危険があるわけじゃないと、それだけは納得して、天音に言われたとおりペンダントの銀鎖を首にかける。

パジャマ代わりのスウェット上下にクラシックな装飾のペンダントでは、まったく似合わない。奏矢はそんな皮肉なことを思いながら、塡《は》め込まれた青い石の表面に軽く唇を触れさせた。

そのとたん、まるで感電したかのようにびくっと身体が震える。そして、今まで奇妙な音楽としか思えなかった音が、いきなり明確な意味を持つ言葉となって耳に飛び込んできた。

「本当にこの子供もお連れになるのですか？」

美貌の男にそう訊ねたのは、一番年長に見えるエルフだった。

癖のない銀と茶を混ぜたような色合いの髪を、後ろで一つに結んでいる。琥珀色の瞳と、高い鷲鼻《わしばな》が印象的だ。

「そのつもりだ。厄介な荷物が増えたとでも思うしかないだろう。そうじゃないと、アマネまで言うことを聞いてくれなくなる恐れがある」

淡々と答えた美貌の男に、今度は一行の中でもっとも若く見えるエルフが問いを発した。

「しかし、双子の兄とは、本当のことでしょうか？　真実だとすれば、まるで獣のようだ」

金髪の若いエルフはぶるっと身体を震わせる。奏矢に向けた緑の目は、おぞましいものでも見たかのように嫌悪に満ちていた。

「アロイス卿《きょう》。双子だという話は二度と口にするな。我が伴侶《はんりょ》となるアマネを侮辱することも許さん」

「はっ、申し訳ありません。クリスヴァルト様」

クリスヴァルトというのが、美貌の男の名前らしい。すかさず謝った金髪の若いエルフはアロイス卿。しかし、伴侶が云々《うんぬん》はなんのことかわからない。そもそも、どうしてこんな展開になっているのか、奏矢にはまだ見当もつかないのだ。

「天音……これって、どうなってるの？」

奏矢は男たちには気づかれないよう、こっそり天音に囁《ささや》いた。

「あのクリスヴァルトという人は、妖精王……エルフ族の王様らしいよ」

「王様……?」

呻《うめ》くように呟《つぶや》きながらも、奏矢は内心で、やはりそうかと納得していた。

耳は尖っているけれど、あの美貌、そしてあの威厳だ。一見冷酷そうに見えるのも、非常に王様らしいと言える。それにエルフ族というのも、疑う余地などないところだ。

「それで、彼らはぼくたちをどうしようって言うんだ?」

「うん、あの人、ぼくを迎えに来たって言ってた」

「なんだよ、結局そんな展開か……」

奏矢は呻くように言いながら、顔をしかめた。

迎えに来たのは天音一人で、奏矢のほうは邪魔なお荷物だと言いたいのだろう。

何故そんなことになっているのかわからないが、現状は認めるしかなかった。

「アマネ、そなたこそ、我らがディーバ。これより、この命はそなたのものだと誓おう」

エルフの王は天音の前で改めて片膝をつき、恭《うやうや》しく手を取る。そうして誓いの言葉を成就させるためか、天音の手の甲にそっと口づけた。

まるでお姫様を守る騎士の誓いのような動作だ。

煌びやかな軍服をまとった王は、尖った耳に銀のピアスをつけ、指にも凝ったデザインの指輪を塡めている。

完璧な美貌を誇る男が、天音に誓いを立てる様に、我知らず見惚《みと》れてしまう。

王がゆっくり立ち上がると、今度は第一の側近らしき鷲鼻のエルフが天音に挨拶した。

「私は光のエルフ族クリスヴァルト王の臣下、エルヴィンと申します。このアルフヘイムにアマネ様をお迎えできて、誠に光栄でございます」

エルヴィンと名乗ったエルフに続き、他の二人も次々に片膝をついて、天音の手の甲に口づける。

「私はフロリアンと申します。ここにいる我が弟のアロイスとともに、アマネ様をお守りいたします」

「アロイスです。どうぞ、よろしくお願いいたします」

鷲鼻のエルヴィン、若い金髪のアロイスと、その兄のフロリアン。

三人が順に挨拶を終えると、王が再び天音の手を取った。

「さあ、出発するぞ。アマネ、そなたは私が馬に乗せていこう」

そばにいる奏矢のことは、最初から視界に入っていないように無視している。

しかし頼もしい弟は、そんな王に真っ正面から対抗した。

「奏矢はどうすればいいんですか?」

面と向かって問われ、エルフの王は僅かに眉根を寄せながら天音の手を離した。そして、仕方なさそうに奏矢に目を向けて命じる。

「ついてこい」

かけられたのは、必要最低限の言葉だ。

天音と奏矢の外見はまるきり同じというわけじゃない。可愛いと評判の天音に比べれば、奏矢に関心を寄せる女子は少ないと思う。それでも「双子だよね」と言われるぐらいには似ている。顔の輪郭や目、鼻、眉、口、一つ一つのパーツはさほど違わないし、身体つきだってそんなに差はないはずだ。

なのに、どうして自分のことだけ嫌悪するのか、意味がわからなかった。

それでも、背を向けて歩き出した男に、仕方なくついていく。

そしてエルフの王は、離れて立っていた人間風の精悍な男を呼びつけた。

「ジークハルト、この者はおまえが連れていけ」

「御意」

ジークハルトと呼ばれた男は、奏矢を見てもなんの反応も見せず、短く答えただけだ。

理由もなく嫌われるのはいやだが、この男だけ反応が違うというのも、おかしく感じる。

いずれにしても、今のところは大人《おとな》しく彼らの言うことを聞くしかなかった。

ジークハルトは後方へと歩き出し、奏矢はため息をついて、そのあとに従おうとした。

が、その時、突然頭上で奇声が上がる。

「クゥエ――ッ」

ほとんど同時に、視界が暗くなった。

「！」

奏矢は叫び声すら出せなかった。

黒く不気味なものが空から真《ま》っ直《す》ぐ降下してくる！

鳥ではない。強《し》いて言うなら、巨大なオタマジャクシ、のようなもの。それがくわっと口を開け、奏矢をのみこもうとしている。

恐怖で足がすくみ、身動き一つできなかった。目を閉じることさえ忘れ、襲いかかってくる魔物を見つめる。

次の瞬間、目の前を銀色の光がとおりすぎた。

「伏せていろ！」

鋭い声とともに、奏矢の身体は容赦のない力で突き飛ばされる。

「あぁっ！」

地面に倒れ込んだせつな、エルフの王の長剣が魔物を真っ二つに斬り裂いた。分割された黒い物体はシュ―ッと不気味な音を立てながら、禍々しい黒い霧になって飛び散る。

奏矢は心底震えた。

ここが異世界であることを、いやというほど思い知らされる。

「あ、天音っ！」

奏矢は必死に起き上がり弟のそばまで駆け寄ろうとしたが、空からまた別の魔物が飛んでくる。

それは奏矢に狙《ねら》いを定め、すごい勢いで襲いかかってきた。

もう駄目だ！　ごめん、天音。俺、守ってやれなくて、ごめん！

奏矢はぎゅっと目を瞑《つむ》った。けれども、耳に届いたのは張りのある命令だった。

「馬鹿者、動くな！」

魔物に襲われる寸前、奏矢は逞《たくま》しい胸にぐいっと抱き込まれた。

エルフの王が奏矢を庇いながら、また長剣を一閃《いっせん》させる。その動きがあまりにも速く、まともに立っていられなかった。バランスを崩し、思わず逞しい王に縋《すが》りつく。

それと同時に奏矢は、十メートルほど先で、ジークハルトと呼ばれた男が天音を守りながら魔物を斬り伏せたのを目撃した。

他に出現した二体の魔物は、側近のエルフたちが退治した。

すべてが片付くまで、ものの一分もかからなかっただろう。

「怪我《けが》はないか？」

エルフの王、クリスヴァルトに問われ、奏矢は詰めていた息をふうっと吐き出した。しかし、反動で身体がガタガタ震え始めてしまう。

「だ、大丈夫……です」

それだけ口にするのがやっとで、奏矢は必死にエルフの王の怜悧《れいり》な顔を見上げた。

青紫の目と視線が合うと、クリスヴァルトは眉根を寄せる。

「怪我がないなら、しっかり自分の足で立て」

「え？ ……あ、ああ、……す、すみません！」

冷ややかな声に、奏矢は慌てて王から身体を離した。無意識だったとはいえ、ずっと抱きついたままだったのだ。

まだ震えは止まっていなかったが、遅ればせながら羞恥《しゅうち》も湧いて頬が熱くなる。

クリスヴァルトはそんな奏矢を一瞥《いちべつ》し、そのあとは完全に興味を失ったようにきびすを返した。王が向かったのはもちろん天音の元だ。

「アマネ、怪我はなかったか？」

エルフの王は、奏矢に向けた時とはまるで違って、優しい声で訊ねる。

「はい、ありがとうございます。この人がぼくを助けてくれました。あの、この人は……？」

天音はいつもどおりの冷静さで、隣の男に目を向けた。

「それは獣人族のジークハルトだ。ジークハルト、今は仕方がなかったとはいえ、アマネは気やすく触れていい存在ではない。もっと離れていろ」

クリスヴァルトはやわらかだった雰囲気を一変させて、尊大に命じる。

冷たい言い方に、奏矢ははっとなった。天音もさすがに眉をひそめている。

だが、命じられた本人は、なんの感情も見せずに天音から距離を取った。

「申し訳ありません」

そう言って視線を落としたジークハルトに、奏矢は疑問を抱《いだ》かずにはいられなかった。

天音を守った姿は勇敢な騎士のようにも感じられたのに、あまりにも従順な態度だ。

この世界では厳格な身分制度というものがあるのだろうか？

もしかして、獣人族というのは奴隷みたいな扱いをされている？

奏矢は天音の考えが知りたくて、そっと様子を窺《うかが》った。視線が合うと、天音はゆっくり首を左右に振る。今はコメントを控えておこうというサインだろう。

「アマネ、手間取ってしまってすまなかった。さあ、出発しよう」

クリスヴァルトはそう言いながら、すっと天音に両腕を差し出した。

そばにはすでに葦毛《あしげ》の馬が待機している。

天音を抱いて馬の背に乗せたクリスヴァルトは、自身も軽々と大地を蹴って騎乗した。

一連の動作が流れるようで美しい。惚《ほ》れ惚《ぼ》れ眺めていると、クリスヴァルトは他の仲間を待つこともなく、いきなり馬を駆けさせる。

「天音！」

残された奏矢は思わず声を張り上げた。

天音はちらりと振り返ったが、クリスヴァルトは後続を気遣う様子をいっさい見せない。瞬《また》く間に遠くなる後ろ姿に、奏矢は呆然となった。

「あなたはこちらへ」

控えめに声をかけてきたのは、獣人族のジークハルトだった。いつの間にか栗毛《くりげ》の馬の手綱を取っている。命じられたとおり、奏矢を連れていこうというのだろう。

「あの……」

奏矢はなんと答えていいかわからず、口ごもった。

行き先だって聞いていない。本当に天音と同じ場所まで行ってくれるのかと不安も募る。

「自分で乗れますか？」

淡々と訊ねられ、奏矢は首を左右に振った。

乗馬なんて、そんな優雅なものはしたことがない。

「では、失礼します。遅れてしまいますので」

ジークハルトはそう声をかけたと同時に、ひらりと馬の背に乗った。そして奏矢の脇《わき》に両手を差し込み、あっという間に持ち上げる。

奏矢が平均よりかなり細めであることを差し引いたとしても、ものすごい膂力《りょりょく》だ。とても真似のできない業《わざ》だ。

「あの、ジークハルトさん。ぼくたちも天音と同じところへ行くんですよね？」

「私のことはジークハルト、または、ジークと呼び捨てになさってください。我らの行き先は同じです」

ジークハルトの声は硬いままだが、奏矢はほっと息をついた。

ベッドでぬくぬく寝ていたのが、もう何年も前だった気がする。

馬の背は思った以上に高く、走るスピードも怖いほどだった。一足ごとに、馬上で身体が大きく跳ねる。

だが、ジークハルトは優れた乗り手だったらしく、いくらも行かないうちにクリスヴァルトの華麗な後ろ姿が視界に入ってきた。彼が鮮やかにマントを翻《ひるがえ》している前後で、仲間のエルフたちも、それぞれの馬を駆けさせている。

そして奏矢は初めて思い至った。

クリスヴァルトに命を助けてもらった。なのに、御礼を言いそびれていた。

王が守ってくれなかったら、今頃、奏矢の命はなかったかもしれない。

でも、クリスヴァルトは天音につききりだ。だから、もうまともに話す機会さえないかもしれない。

なんの根拠もないのにそんな考えが浮かび、奏矢は何故か胸が痛くなるのを感じていた。

2

一時間ほど馬で走ったあとに到着したのは、森の中の館《やかた》だった。

森と言っても、奏矢が見かけた幹が極彩色だったものとは違い、今度はごく普通だと思える広葉樹の森だ。

そして緑の木立の間に、クラシックな造りの館が建っていた。白い漆喰《しっくい》の壁に斜め十字に焦げ茶色の梁《はり》を渡し、明るい黄土色の屋根を載せてある。それこそテーマパークにある館にそっくりで、中から小人《こびと》が出てくるのではないかと思ってしまう。

いや、妖精というか、エルフならすでに目の前にいるので、それもおかしな想像ではないかもしれないが……。

「奏矢、大丈夫？」

館に入ると同時に、天音がそばまで来て、心配そうに顔を覗き込んでくる。

奏矢はほっとしつつ、双子の弟に笑みを向けた。

「俺なら平気。天音こそ、大丈夫だった？　あの人、すごく傲慢《ごうまん》だから、失礼なこと言われたりしなかった？」

「ううん、大丈夫。王様はとても紳士的で……ええと、紳士じゃなくて、この場合は騎士かな？　とにかく王様はものすごく優しくしてくれるよ？」

「嘘だろ？　あいつ、俺にはひどい態度取るのに……」

奏矢は腹立たしさに駆られ、思いきり顔をしかめた。

「ほんとだよね。ぼくにはあんなに親切なのに、奏矢にはそっけないよね」

「そっけないなんてもんじゃないよ。天音のことはお姫様扱いなのに、俺のことはみんなが奴隷以下って目で見てるし」

不満を爆発させると、天音は顎《あご》に手を当てながら首を傾げる。

「確かにおかしいよね……何か理由があるんだと思うけど」

「どんな理由だよ？　あいつら、ジークハルトのことも、明らかに差別してたぞ」

「ジークハルトって、あの獣人族の人だよね？　奏矢を馬に乗せてきてくれた……」

「うん……だけどさ、見た目はジークハルトのほうがよっぽど俺たちに近いよな？　耳、尖ってないし」

素っ気なく言うと、天音はくすりと忍び笑いを漏《も》らした。

「奏矢、その言い方も差別になるよ？」

「えっ、そうか？」

指摘された奏矢は思わず黙り込んだ。

しかし天音は、なんでもないように話を続ける。

「でもさ、この世界ってほんとに封建的っていうか、エルフ族が頂点で、次が人間族、その下に獣人族がいるって感じで、種族間の格差が大きいみたいだね」

奏矢は大きく頷いた。

とにかく「人は皆平等で、自由であるべきだ」との認識しかない自分たちには、なんとも居心地の悪い世界だ。

そんな考えにとらわれていた時、ふいにクリスヴァルトが振り返り、話しかけてくる。

「アマネ、部屋に案内してもらって着替えるといい。この館の召使いがそなたの世話をする。支度が終わったら、館の者に紹介しよう」

真っ直ぐ天音へと歩を進めてきたクリスヴァルトは、そばに立つ奏矢には目を向けることさえなかった。

何故だか、またずきりと胸が痛む。

天音を見るように、あの青紫の瞳を自分にも向けてほしい。

奏矢は唐突にそんな欲求に駆られ、ぎゅっと両目を瞑った。

そんななかで天音がするりと手を伸ばしてくる。

「奏矢も一緒でいいんですよね？」

天音はわざわざ奏矢に腕を絡《から》めて念を押す。

はっと目を開けると、クリスヴァルトが不快げに眉根を寄せるのが見えてしまった。

「アマネ。そなたの……兄弟は、別の者に世話をさせよう」

「どうして一緒じゃ駄目なんですか？　ぼくは奏矢と一緒にいたいです」

天音は子供が駄々をこねるように頑張った。奏矢に絡めた腕も絶対に離さないといった勢いだ。

それでもクリスヴァルトは天音だけを見つめて話を続ける。

「そなたは特別な存在だ。特別に扱われるのは当然のこと。しかしそなたの兄弟は、そなたとは違う。ゆえに部屋も別とする。それはこの世界では当然の決まり事だ」

「そんな……でも、ぼくたちは……っ」

天音は悔しげに語尾を震わせた。

同じ兄弟なのに別々の扱いを受けることに対し、芯から怒っているのだ。

しかし、奏矢は逆に冷静さを取り戻した。

「天音、今はこの人の言うとおりにしよう。俺なら平気だからさ」

「でも、奏矢……」

「離れ離れになるのはちょっとの間だけだよ。それにさ、俺たちこんな格好のままだし、まだ顔も洗ってなかったし……なっ？」

奏矢は天音を宥《なだ》めるように言った。

それから天音の腕をほどいて、一歩前へと進み出る。

正面から向き合うと本当に圧倒される。背の高さはもちろんのこと、さすがに王様だけあって、威圧感が半端なかった。自分たちは別世界の人間なのに、我知らず跪《ひざまず》いてしまいたくなるほどだ。

「天音には絶対に危害を加えたりしないな？　もし天音をちょっとでも傷つけたら、絶対に許さないから」

奏矢は臆してしまいそうになるのを必死に堪え、エルフの王を見上げた。

今まで、奏矢の存在は視界にも入れたくないという態度だった。しかし、さすがに今は、奏矢を奏矢自身として捉《とら》えている。青紫の双眸に、初めて関心らしきものが表れて、奏矢はドキリと心臓を高鳴らせた。

「言われるまでもない。アマネは私にとって何者にも代えられない存在だ。アマネに危害を加えようとする者がいれば、命を懸けても排除する」

静かだが、ずしりと腹の底に響くような声を出され、奏矢は何故か泣きそうになった。

この人が天音に向ける真摯《しんし》な思いは本物だ。命懸けで天音を守ると言うのは口先だけではないだろう。

「じゃあ、あなたを信用するよ」

奏矢はそれだけ言って、無理やりクリスヴァルトから視線を外した。

これ以上彼を見つめ続けていると、本当に涙がこぼれてしまいそうだった。

「クリスヴァルト様、アマネ様、どうぞこちらへ」

どこからともなく侍女らしき娘が現れて、クリスヴァルトと一緒に天音を館の奥へと連れていく。年齢は二十代前半といったところで、エルフらしく美しい顔立ちをしていた。床まで裾《すそ》が届くドレスは、案外あっさりとしたデザインで、解き流した髪にも小さな花を飾っているだけだ。

他のエルフたちもそれぞれ案内に従って姿を消し、最後に残ったのは奏矢とジークハルトのみになった。

「ソウヤ様」

そのジークハルトが、ついて来いというように声をかけてくる。

馬に乗せられた時と同じグループ分けか。

そんな考えを浮かべた奏矢は、ため息を一つついてジークハルトのあとを追った。

館からいったん外へ出ると、エルフではなく普通の人間らしき男たちが忙しげに働いているのに遭遇する。皆、茶色の上着とモスグリーンのズボンの組み合わせで、髪の色は黒、茶色、金髪と色々いるが、顔立ちは西洋人風だ。

奏矢が連れていかれたのは、館の裏手にある別棟《べつむね》だった。

外観は母屋《おもや》とそう変わりないが、内装の造りは明らかに劣っている。おそらく館の使用人が使う棟なのだろう。

薄暗い廊下には等間隔にドアが並んでおり、ジークハルトがそのうちの一つを開ける。

「着替えを用意してきます」

短く断りを入れたジークハルトは、すぐに部屋を出ていく。

残された奏矢は室内を見回した。

頑丈そうな木枠のついたベッドが二つ、それと壁際に造りつけの棚があるだけだ。焦げ茶色の桟《さん》が入った窓はあるが、母屋の外壁が間近まで迫っており、他は何も見えなかった。

足先が冷たいなと思い、奏矢は自分の足元に視線を落とした。

目まぐるしい展開が続いたせいですっかり忘れていたが、ずっと裸足のままだった。泥汚れが付着し、小さな擦《す》り傷もできている。だいたい裸足で外を歩き回るなんて真似は、生まれて初めての体験だった。

これは夢でもなんでもなく、本当に現実なのだ。

今さらのようにそう認識すると、小刻みに身体が震えてくる。奏矢は両腕を交差させて、自分自身を抱きしめた。

これからどうなるのだろうと思うと、怖くてたまらない。何より堪えていたのは、天音がそばにいないことだ。一人きりだとよけいに震えを止められなかった。

天音だって心細い思いをしているはずだ。でも、自分の代わりにあの人がそばにいる。命を懸けても天音を守ると言っていた。

しばらくして、ジークハルトが戻ってくる。

心細さが最高潮に達していた奏矢は、獣人族の若者に弱々しい笑みを向けた。

「着替えです」

短く言ったジークハルトは、服と一緒に桶《おけ》に入れた水も運んできていた。

ベッドに着替えを置き、奏矢には細長い布を押しつけてくる。

どうやら、これをタオルにして、身体を拭けということらしい。

「ありがとう」

奏矢は礼を言って、布を受け取った。

ジークハルトは無骨なうえに口数が少ないが、エルフ族よりよほど親しみやすい。

ペンダントをとおしての翻訳では、獣人族という話だが、見かけは奏矢がよく知る人間そのものだ。体格はクリスヴァルトを上まわっているけれど、どこに獣人の要素があるのかわからなかった。

しかしエルフが支配するらしき世界だし、奏矢自身も恐ろしい化け物に襲われた。ジークハルトも獣人族というぐらいなのだ。いざとなれば狼《おおかみ》とかに化けるのかもしれない。

それでも、少しも恐ろしいとは感じなかった。

ジークハルトが、他にも用があるのでと再び姿を消し、奏矢は桶の水に布を浸した。

「冷たっ」

氷水のような冷たさに、また身体がぶるりと震える。

「これで身体を拭けって、無理だよ……」

情けない声も出てしまう。

熱いシャワーが恋しかった。好きな香りのバスソルトを入れた湯船に首までどっぷり浸《つ》かりたかった。

だが、そんな贅沢《ぜいたく》が望めない以上、与えられたもので不快さを拭《ぬぐ》うしかない。

奏矢は固く絞った布で素肌を拭いた。足の汚れも丁寧に落とし、それから用意してもらった服に着替える。

下着まで揃っていたので、少し抵抗はあったものの、順番に着込んでいく。下着の上に麻地のシンプルな白シャツ、それから足にぴったりしたモスグリーンのズボンを穿《は》いて、焦げ茶色のベストを着る。サイズはすべて大きめだったが、靴下もちゃんと揃えてあって、最後に短めの編み上げブーツを履いて終わりだ。

先ほど見かけた男の使用人たちが同じような格好をしていた。

着替えが終わり、ベッドの端に腰かけてぼーっとしていると、いったん部屋から出ていたジークハルトが戻ってくる。

「ソウヤ様もお呼びです」

「俺も？」

奏矢は思わずにっこりとなった。また天音と一緒になれると思っただけで、ほっとする。

ジークハルトに案内され、奏矢は母屋のほうに移動した。

館の中でも一番大きな部屋なのか、天井が吹き抜けになっている。中央に分厚い木で作られた楕円形の大きなテーブルが据えられ、そこにエルフの王と天音、それから王の三人の臣下、他にも五人ほどのエルフたちが顔を揃えていた。

奏矢が室内に入っていくと、全員の視線がいっせいに集中する。

「奏矢！　こっちだよ」

天音がすかさず席を立ち、隣に来いと手招きする。

驚いたのは、天音がクリスヴァルトと同じように、華麗な軍服風の衣装に身を包んでいたことだ。色は純白がベースで、きらきら具合はクリスヴァルトのそれにも負けない。そのうえ、額には宝石をちりばめた飾りまでつけている。

自分が与えられたものとのあまりの差に呆《あき》れてしまうが、そのきらきらした格好は、繊細な可愛らしさを誇る天音によく似合っていた。

奏矢は迷うことなく歩を進めた。

だが、何歩も行かないうちに抗議の声が上がる。

「陛下！　その穢《けが》れた者を同席させるおつもりですか？」

白い髭《ひげ》を蓄えたエルフは、人間に置き換えると七十代ぐらいだろう。表情にはあまり出て

いないものの、怒っているのはなんとなくわかる。

「ギゼン公、この者はアマネの兄弟だ。異界の者ゆえ、我らの流儀を当てはめるには及ばないだろう」

「そのようなことをおおせられても、納得はいたしかねます。ここは我が館。獣のような輩《やから》に穢されてはたまりません」

クリスヴァルトの言葉に、ギゼン公と呼ばれたエルフは冷ややかに反撥《はんぱつ》した。

奏矢は天音のそばまで来たものの、椅子《いす》に座る勇気はなかった。明らかに嫌われているのに、うっかり腰かけたりしたら、老エルフに何を言われるかわからない。

「ギゼン公、二度は言わぬ。この者は会議に同席させる。そなたが否と言うなら、話し合いの場を屋外に移すまでだ」

クリスヴァルトは毅然《きぜん》と言い切った。

「なんと……王のお言葉とも思えぬ……その者は双子という穢れた生まれであるだけではなく、トラウゴットの息がかかっておるやもしれぬのに……」

「それゆえ、同席させて確かめるのだ」

あくまで冷静なクリスヴァルトを前にして、老エルフは渋々といった感じで黙り込む。

「奏矢、座って」

天音が小さく声をかけてきて、奏矢はぎこちなく隣の椅子に腰を下ろした。

老エルフはじろりと奏矢を睨み、そのあとさもいやそうに視線をそらす。

奏矢には何故自分がそんなに嫌われるのか、さっぱり理由がわからなかった。

双子だということで嫌悪されているらしいが、天音だってその片割れだ。それなのに、どうして自分だけを排除しようとするのだろう。

「時が惜しい。話を始めよう」

クリスヴァルトがそう言って、出席者を順に眺める。

集まったエルフたちは、黙って頷いた。

そのあとクリスヴァルトは天音に視線を移し、僅かに口元をゆるめる。

クリスヴァルトの席は、天音の右隣。奏矢は左隣の席だったので、天音に目を向けていると、いやでもクリスヴァルトの様子が見えてしまう。

青紫の瞳にも優しい光が満ちているようで、奏矢は何故か寂しさにとらわれた。

「アマネ。そなたの望みどおり、この世界のこと、そして今の状況を簡単に説明しよう。まずは、我らの仲間を紹介しよう。私の従兄弟《いとこ》エルヴィン卿、アロイス卿とフロリアン卿の兄弟はもう知っているな？　その向こうがこの館の主、ギゼン公……その隣は……」

クリスヴァルトは順にエルフの名前を挙げていく。

序列がどうなっているのかは知らないが、最初に名前が出たのは、草原でも一緒だったエルフたちだ。王がどこへ行くにも付き従う側近中の側近といったところなのだろう。

そうして皆の紹介が済むと、次には静かにこの世界のことを語り始める。

「この世界は、光のエルフの故郷……アルフヘイムと呼ばれている。我々光のエルフの数はさほど多くはない。アルフヘイムには他に、人間族、獣人族、ドワーフ族が住んでおり、それぞれの国を築いている」

淡々と明かされるこの世界の成り立ちに、奏矢は真剣に耳を傾けた。

「我々、光のエルフ族は、遥《はる》かな昔、同じエルフでありながら闇に属する者との戦いに明け暮れていた。だが、この戦いには決着がつき、闇のエルフは文字どおり闇に追放された。しかし長い時が経ち、闇に潜んだエルフが復活を遂げようとしている。闇のエルフの血を引く魔道士が地中から魔物を呼び出し、この世界を支配しようと暗躍しているのだ。闇の魔道士は手始めに獣人族の国を我がものとし、今は人間族の国にも手を伸ばしている。平和だったアルフヘイムは、今や魔物が跋扈《ばっこ》する地と成り果て、その魔物の数は日を追うごとに増え続けている。アルフヘイムの平和を守るのは、我々光のエルフ族の務めだ。しかし、平穏な時を過ごしているうちに、我々は古代の魔道のほとんどを失った。闇の魔道士、その背後にいる闇のエルフを倒すには、光の竜の力を得るしかない。竜の力を使えるのは、光のエルフの王たる者のみ。そして、この世で竜を呼び出せるのは、ただ一人。ドラゴンのディーバと呼ばれる者だ」

「ドラゴンのディーバ……竜の歌姫……?」

奏矢はほとんど無意識に、その言葉をくり返した。

心臓の鼓動が急激に高まり、何故かいても立ってもいられないような焦燥《しょうそう》に駆られる。

クリスヴァルトはそんな奏矢をちらりと眺め、それから再び天音へと眼差《まなざ》しを固定した。

「アマネ、そなたがその竜の歌姫だ」

クリスヴァルトの言葉が耳に届いた瞬間、奏矢の心臓がひときわ大きく跳ねる。

「ぼくが歌姫？　……どうして、ですか？　ぼくは、この世界の住人じゃないのに？」

天音は真っ直ぐにエルフの王を見つめ、掠れた声で訊ね返した。

クリスヴァルトは青紫の目を僅かに細め、天音を安心させるように微笑む。

今度はまた別の意味で、心臓が大きく音を立てた。

「竜の歌姫となれる者は、清き魂を持つ、人間族の乙女《おとめ》だとされている。しかし、人間族の国はすでに闇の魔道士によって穢されてしまい、歌姫となれる者はいなかった。それで異界からそなたを召喚したのだ。エルフの王城には、ドラゴンを呼び出すための笛が保管されている。ゆえに、そなたをエルフの王城、水晶宮《すいしょうきゅう》まで連れていく。そこで光の竜を呼び出してもらいたい」

「そんな……」

天音は悲痛な声を出し、ぎゅっと両手を握りしめた。

青ざめた片割れを目にして、奏矢の胸には沸々《ふつふつ》と怒りが湧いてきた。

とても我慢ができずに席を立って、弟を背中からしっかり抱きしめる。そうして奏矢はクリスヴァルトに怒りの目を向けた。

「ちょっと待ってください！　どうしてそんな勝手なことばかり言うんですかっ！　俺たちにはなんの関係もない話だ。なのに、事前に一言の断りもなく、天音をそんなおかしなことに巻き込むなんて許せない！」

突然喚《わめ》き出した奏矢に、まわりのエルフたちは不快げに眉をひそめた。

「王に向かってなんという暴言を……。怒りにまかせて怒鳴るとは、やはり、忌《い》まわしい生まれの者は慎《つつし》みがない」

「光のエルフを罵《ののし》るとは許しがたい」

「陛下、この者の排除をお命じください。即刻外に連れ出して始末します」

「皆の言うとおりだ。我慢にも限界がある。陛下、早くお命じください」

この場に連なった者たちは、全員が奏矢の排除を願っていた。

勝手にこんな世界に呼び出され、怒っていいのはこちらのはずだ。それなのに、何故こんな理不尽《りふじん》な目に遭わなければならないのか。すぐには反応さえできなかった。

「静まれ」

エルフの王が短く命じる。大声を出したわけでもないのに、全員がはっと硬直する。

クリスヴァルトはエルフ族の一人一人に目をやって、再び天音へと視線を戻した。

「アマネ、質問は？」

「………」

天音の肩が小刻みに震えている。

奏矢はダイレクトにそれを感じ取り、たまらず口を挟んだ。

「だ、だから、なんで勝手に俺たちを呼び出したんだって、訊《き》いて」

「おまえに発言を許した覚えはない」

じろりと睨まれ、奏矢は思わず怯《ひる》んだ。

自分たちはいつも一緒だった。なのに、どうしてこの世界では、そんな当たり前なことが通用しないのだろうか。

双子の片割れが大切だからこそ、理不尽な状況に巻き込まれたことを一緒に怒っているだけなのに……。

天音も同じ怒りを感じていたようで、ようやく顔を上げて口を開いた。

「ぼ、ぼくが訊きたいのは、どうしてその歌姫になるのがぼくだったのか、ってことです。ぼくたちは……奏矢とぼくは双子です。この世界に来たのだって一緒だった。それなのに、あなたたちはぼくだけを丁重に扱い、奏矢のことは無視する。どうしてですか？　納得いきません」

奏矢は胸がじいんと熱くなった。

自分の中にもあった不公平な扱いへの疑問。天音がそれを一番に質《ただ》してくれたことを嬉《うれ》しく思う。

クリスヴァルトはそれが癖なのか、また眉根を寄せた。けれども、それとわかるほど表情は変えずに再び口を開く。

「そなたには申し訳ないと思うが、我々の世界では双子は忌み嫌われる存在だ」

「えっ、どうしてですか？」

「人間族や獣人族はどうか知らないが、少なくともエルフの子が生まれるのは一度に一人と決まっている」

イレギュラーな存在だから嫌われている。もしかして、犬や猫の子と同じだと思われているのかもしれない。子供の頃から「あら、双子ちゃん、可愛いわね」と言われ続けて育った自分たちには、とても信じられない偏見だ。

天音もムッとしたような顔で食ってかかる。

「あなたたちが双子をよく思っていないのはわかりました。だけど、ぼくだって双子の片割れなのに、どうして奏矢だけを極端に嫌うんですか？」

「そなたはディーバとなる特別な存在だ。しかし、そなたの兄は違う」

クリスヴァルトは悪びれもせずに指摘する。

「どうしてなんです？　ぼくと奏矢は一緒に召喚されてきた。あなたたちがそうしたんじゃないんですか？」

「違う。我々が召喚したのは一人だけだ」

「だけど、現実としてぼくたちは一緒にいる。ぼくたちは双子なんだ。どこに違いがあるんです？　もしかしたら、ディーバになるのは奏矢かもしれないじゃないですか」

天音の反論はもっともなことだと思う。

性格にはすごい違いがあって、顔立ちも少し違う。それでも一緒にこの異世界に飛ばされてきたのに、彼らはどうして天音がそのディーバであることを確信しているのか、訳がわからない。

クリスヴァルトはふっと一つ息をつき、ようやく奏矢へと目を向けた。

だが、次に彼の口から飛び出したのは、とんでもない話だった。

「そなたの兄弟が時を同じくして召喚されてきたのは、紛れもなくトラウゴットが介入してのことだろう」

「トラウゴット？」

「トラウゴットこそ、闇のエルフの血を引く闇の魔道士だ。そしてそなたの兄には、そのトラウゴットの〝闇の気〟がまとわりついている」

冷ややかに明かされた事実に、奏矢は呆然となった。

「どういう、ことですか？」

天音も思わずといったようにたたみかける。

エルフの王は表情一つ変えず、静かに話を続けた。

「我々高位のエルフは、それぞれの個体がまとう〝気〟を感じ取ることができる。特に、王たる私にははっきりと、その色も識別できる。アマネ、そなたがまとう〝気〟は、我々が与えた光……暖かな陽射《ひざ》しに似た色合いをしているが、そなたの片割れは違う。まとっている〝気〟は暗黒色……これは紛れもなく〝闇の気〟だ。おそらくトラウゴットは、我らがそなたを召喚することを知り、その機会に乗じてそなたの片割れをこの世界へと呼び出したのだろう。エルフ族がそなたの兄を穢れた存在だと嫌うのは、双子の片割れという理由だけではない。〝闇の気〟に覆われていることを感じ取ってのことだ」

「……や、〝闇の気〟……？　何、それ？」

「おまえは最初から穢れているのだ」

あまりにも衝撃的な話に、奏矢はその場にくたくたとしゃがみ込んだ。

天音を抱きしめていた腕からも、だらりと力が抜けてしまう。

「あ、天音……俺……っ」

「奏矢」

今度は天音が慌てたように席を立ち、奏矢を抱きしめてきた。

双子なのに、まったく異なる扱いを受けるのは、自分に闇が取り憑《つ》いているせい……。

もしかして、極彩色の森で黒い影に追いかけられたのも、〝闇の気〟に誘われてのことだった……？

「天音……これって、夢じゃないんだよな？」

「うん」

「でも、俺……もう帰りたい」

奏矢は張りつめていた糸が切れたように、ぽつりと口にした。

自分のほうが兄なのだから、しっかり天音を守らなきゃ。そう思っていたのに、もうどこからも力が湧いてこない。

「ぼくだって、どうしていいか、わかんないよ」

しがみついてくる天音も涙ぐんでいる。

見知らぬ世界でたった二人。頼れる者は他にいない。

奏矢はぎゅっと天音を抱きしめ返し、涙をこぼした。

「天音……っ」

「奏矢……」

両親を喪って以来、こんなふうに泣いたことはない。それでも、一度堰《せき》を切った涙は止まらなかった。

まわりにどう思われようが関係ない。恥ずかしさよりも心細さのほうが強く、互いに抱きしめ合っているしかなかった。

クリスヴァルトは床に蹲《うずくま》った二人を、困ったように眺め下ろしていたが、そのうち静かに命じた。

「皆の者、しばらく席を外せ」

「クリスヴァルト様、それはなりません。いくら王と言えども、危険です」

一番に反対したのは側近の筆頭、鷲鼻のエルヴィン卿だった。

「ここはギゼン公の領地。しかし、人間族の地に限りなく近く、魔物もいつ現れるかわからない状態です。そのような場所で、陛下をお一人にするなどできません」

「我らだけでも、どうか同席をお許しください」

続けてフロリアン卿、アロイス卿の兄弟も、王を反意させようと言葉を尽くす。

「もう一度言う。皆、席を外せ。そなたたちもだ」

クリスヴァルトは再び命じた。

充分に抑制の利いた声だが、部屋中がいっぺんにしいんとなる。

そうして三人の側近を含め、すべてのエルフたちが静かに席を立ち、部屋から出ていった。

「さあ、アマネ。立ちなさい。他の者は出ていかせた。もう泣き止《や》むがいい。泣いたところで問題は何も解決しない。ともかく、そなたたちが要求することを聞こう」

クリスヴァルトはそう言いながら、床に座り込んでいた天音を抱き起こした。

奏矢の胸には、一時の間忘れていた怒りが再燃する。

床に手をついて自力で立ち上がり、奏矢は正面からエルフの王と向き合った。

「俺たちの問題じゃなくて、あなた方の問題でしょう？　天音に何をさせようとしてるのか知らないけど、俺たちには元々なんの関係もないことだ。だから、今すぐ俺たちを元の世界に帰してください」

困っていることがあるなら、最初に頭を下げて頼むべきだ。

なのに事前に断りもなく、いきなり天音をこの異世界に召喚したことが許せない。

エルフの王は深く息をついた。

「〝闇の気〟をまといつかせていても、おまえが兄弟を思う心は嘘ではないのだな」

「当たり前だ！　俺たちは双子だぞ。天音は俺の分身。大事に決まってるだろう」

「私にとってもアマネは特別に大切な存在だ。ゆえに、真実を伝えよう」

クリスヴァルトの言葉に、奏矢はびくりと身構えた。

後ろから天音の手が伸びて、ぎゅっと握られる。

一番気になることに対する答えを聞くには、勇気が必要だった。

「我々エルフ族の間に伝わる教えはこうだ。……闇のエルフの血を引きし者が現れた時、王たる者はドラゴンのディーバを探すべし。ディーバは穢れなき魂を持つ、人間族の清き乙女。王はその者を伴侶とし、生涯慈しむことを誓え。さすれば乙女は光の竜を眠りから呼び覚ます楽の音を響かせるであろう」

エルフの王はそこで言葉を切ったが、奏矢も天音も口を開くどころではなかった。

物語には、似たような言い伝えがよく出てくる。

けれども、それが自分たちに関係してくるとなれば、話は別だった。

奏矢が反論しようと思った時、一瞬早く天音が後ろから声を出す。

「その言い伝えを信じておられるなら、ますますぼくが召喚されたのが不思議ですね。少なくとも、ぼくは乙女ではありませんから」

冷静に指摘した天音に、奏矢は大きく頷いた。

けれども、クリスヴァルトはなんでもなさそうに天音の言葉を覆した。

「その点については確かに言い伝えとの食い違いがある。しかし伴侶にするにあたっては、性別は特に問題とはならない」

驚くべき答えに、奏矢は思わず目を見開いた。

「それって、天音が男でも花嫁にしちゃうってこと？」

「ああ、そうだ」

あっさり肯定され、さすがの天音も絶句している。

「そ、そんなことで結婚とか……し、信じられない」

伴侶にするということは結婚するということだろう。

エルフの王は天音を王妃にすることを望んでいるのだ。

動揺と混乱が収まらなかった。頭が真っ白になってしまったようで、冷静にものが考えられない。

だが、そんな時、天音がもっとも現実的なことを言い出す。

「ぼくはいやです。あなたと結婚なんてしません」

奏矢はほうっと大きく安堵《あんど》の息をついた。

「そ、そうだよな、天音。この人が何を言ったって、天音がいやなら、そんな事態にはならないよ。男同士で結婚とか、ありえないから」

「おまえたちの国ではそうなのか？」

いたって生真面目《きまじめ》に問い返され、奏矢はかっと頬《ほお》を染めた。

「た、たまにはあるよ。でも、そんなのものすごく少数派で、俺たちは違うから……っ」

必死に言い訳じみたことを口にするのも、動揺が収まっていないからだ。

クリスヴァルトが本気で天音と結婚したいと思っているらしいこと。それを天音があっさり断ったこと。奏矢にとっては、いずれもどうコメントしていいかわからないほど衝撃的なことだ。

「とにかく、伴侶になってもらうにしても、今すぐにというわけではない。そなたにはまず、我が水晶宮まで来てもらわねばならぬ。先ほども伝えたが、そこで光の竜を呼び出す笛を吹いてもらいたい。首尾よくドラゴンが呼び出せれば、私はすぐに軍を率いて戦いに行くことになる。そなたを伴侶とするのは、アルフヘイムからすべての闇を払ったあとの話だ」

エルフの王は淡々と説明するが、奏矢の胸にはまた、もやもやしたものが生まれていた。

結婚相手は男女どちらであってもかまわない。それがこの世界のルールだということは理解した。それでも結婚にはもっと大切なことがあるはずだ。

奏矢は我慢できず、さっき会ったばかりの天音を愛してるんですか？」

「あなたは、さっき会ったばかりの天音を愛してるんですか？」

「竜を呼び出す笛って、横笛ですか？」

ほとんど同時、奏矢の声に重なったのは、天音が発した問いだった。

「あ、天音、今はそんなことどうでもいいだろ」

「そんなことない。大切なことだよ」

「なんで？」

「だって、竜の笛が横笛だって言うなら、奏矢じゃなくてぼくが選ばれたことにも納得がいく。だって、奏矢は横笛なんて吹いたことないもの」

「あっ、ほんとだ」

驚いたことに、天音は自分たちの扱いについての根本的な問題を考え続けていたらしい。

「竜の笛は、葦《あし》をくりぬいて造った横笛だが、それはそなたにとって重要なことなのか？」

「はい。重要です。葦の笛なら、ぼくがやっている楽器、フルートの原型みたいなものだ。実物を見てみないとちゃんとしたことは言えませんけど、横笛だったらたぶん、吹けると思います」

しっかりと答えた天音に、クリスヴァルトは極上の微笑みを見せた。

エルフの表情はわかりにくい。先ほどの会議の時もなんとなく思ったが、怒っている時でさえ、淡々としているように見える。嫌悪を示す時だって、ほんの少し眉根を寄せたり、視線をそらしたりする程度。それなのに、今のクリスヴァルトは心底嬉しそうに見えた。

天音もそんなクリスヴァルトを見つめ返し、うっすらと頬を染めている。

結婚なんてしない。

そう宣言した天音だが、二人の様子を見ていると、もしかしてこの組み合わせがうまく行くのではないかとの疑いも出てくる。

いや、まさかそんなことは……。

奏矢は首を振って、馬鹿な考えを打ち消した。

「とにかく、水晶宮まで来てくれるな？」

クリスヴァルトはわざわざ天音の両手を取って、駄目押しのように訊ねる。

「ちょっと待って。そんなの駄目だよ。それに、俺の質問にはまだ答えてくれてない」

奏矢は慌てて二人の間に割って入った。

天音に向けても、顔をしかめて注意を促《うなが》す。

「ごまかされちゃ駄目だよ、天音。一番大事なことを先に訊かないと」

「ごめん、奏矢。奏矢が心配してくれてること、忘れてたわけじゃないんだ……」

天音は申し訳なさそうに言う。

奏矢は一つ頷いて、改めてクリスヴァルトに目を向けた。

「おまえの質問は、おまえたちが元の世界に帰れるか、ということだったな?」

「そうです。何も知らされず、無理やり呼び出されたんだ。あなたたちに協力するかどうかは、天音が決めることだ。でも、天音が断った場合、それに万一協力するとしても、そのあとちゃんと元の世界に戻してくれるんでしょうね?」

奏矢は臆《おく》しそうになるのを堪え、懸命に訊ねた。

真っ直ぐエルフの王を見つめていると、青紫の双眸にほんの少しだけ驚いたような光が浮かぶ。

それでもやはりクリスヴァルトは表情を変えず、淡々と説明を続けた。

「アマネを召喚したのは、水晶宮の魔道士だ。今ここで確かなことは言えないが、元の世界に送り帰すことは可能だろう」

「じょ、冗談じゃないよ、そんな不確かな話なんて! ちゃんと約束してくれなきゃ困るだろ……っ」

「いずれにしても、ここではこれ以上の約束はできない。すべては水晶宮に戻ってからだ。それに、アマネはすべてが終わっても、この世界に残ってくれるかもしれない。アマネがディーバであることは確かなのだ。私とは運命で結ばれている。ゆえにアマネの心を得られるよう、私も努力を惜しまないつもりだ」

「何、勝手なこと言ってんだよっ！　天音は俺と一緒に元の世界に戻るに決まってる！　あなたの思惑どおりになんかならないから！」

奏矢は思わず食ってかかった。

腹立ちのあまり、クリスヴァルトの軍服の胸をぎゅっとつかんでしまう。

「奏矢、落ち着いて。少なくとも、王様はぼくたちに嘘は言ってないんだから」

後ろから天音にやんわりと注意され、奏矢は仕方なくクリスヴァルトから手を離した。

何故、こんなことになってしまったのだろう？

数時間前にはベッドで眠っていたはずなのに……。

「奏矢……、王様の言うとおりにしよう。元の世界に戻るためにも、水晶宮ってところに行かなくちゃいけないみたいだし」

「天音はどうして、そんなに落ち着いてられるんだよ？　どうして、この人の言うことを簡単に信じるんだ？」

言っているうちに、涙が滲《にじ》んできた。

不安にプラスして悔しさも募り、昂《たか》ぶった感情が抑えられない。

「奏矢、ごめん。奏矢はぼくのために怒ってくれてるんだよね？　だけど、今は王様のことを信じるしかないよ。ぼくたち二人だけでは、この知らない世界で生きていけそうもないから……」

「天音……」

奏矢はシャツの袖で慌てて涙を拭った。

天音は色々しっかりと考えているのに、みっともないところを見せてしまった。

「奏矢、いいよね？　一緒に行ってくれるよね？」

「うん、俺、天音と離れる気なんてないから。俺たち、仲のいい双子だろ？　困難に立ち向かう時はいつだって一緒だ」

不安を押しのけ、笑ってみせると、天音がほっと息をつく。

そして天音はくるりとクリスヴァルトを振り返った。

「ぼくたちは、あなたがおっしゃるとおり水晶宮というところへ行きます。ぼくがほんとにディーバなのかどうかわかりませんが、竜を呼ぶ笛を吹けと言うなら、試してみます」

「アマネ、よく決意してくれた。心から礼を言わせてもらおう」

クリスヴァルトはやわらかな声を出したが、天音はゆるく首を振る。

「待ってください。竜の笛を吹く件、引き受けるに当たって、一つだけ条件があるんですけど、いいですか？」

「なんだね？　私にできることなら、なんでもしよう」

「奏矢のことです。ぼくは奏矢と一緒じゃなきゃ、どこにも行きません。今日みたいに奏矢を除《の》け者にするなら、ぼくは水晶宮にも行きませんから」

一気にたたみかけた天音に、エルフの王は困ったように黙り込む。

だが、ややあってから、宥めるような口調で話し始めた。

「アマネ、そなたの出した条件はのめない。無理なのだ」

「どうしてですか？」

「先ほども言ったが、そなたの兄弟には〝闇の気〟がまとわりついている。そなたと一緒にいると、そなたにまでその〝闇の気〟が移ってしまうかもしれない。そうなれば、そなたが竜の笛を吹いてくれたとしても、ドラゴンは呼び出せなくなってしまうだろう」

「そんな……ひどい……」

天音は呻くように言いながら、ぎゅっと両手を握りしめた。

今度は天音のほうが泣いてしまいそうになっている。

奏矢は片割れの肩に手を置いて、明るい声を出した。

「天音、俺なら平気だから……。でも、ここで待ってろとか言われても困るな。俺はどうすればいいんですか？」

「おまえも一緒に連れていくしかないだろう。しかし、天音に近づくことは遠慮してもらいたい。今のような接触も控えてもらう」

「接触って、えっ、肩を組んでるのがいけないってこと？」

奏矢は慌てて腕を離し、天音から少し距離を取った。

「王様、なんとかならないのですか？　ぼくはもしかして、奏矢の顔を見ることもできないんですか？　そんなの耐えられそうにない」

天音が情けない声を出すと、今度はクリスヴァルトが細い身体を抱き寄せる。

広い胸の中にすっぽり収まってしまった天音を見て、奏矢の胸にはなんとも言えない不快な感情が芽生えた。

自分は触れてもいけないのに、この人は天音を我が物顔で抱いている。

そう思うと、嫉妬《しっと》のような感情に支配されてしまう。

「アマネ、大丈夫だ。一日に一度、短い時間なら、話ぐらいはしてもいいだろう。その時は私も同席しよう。こうして私が守っていれば、そなたが穢れることもないはずだ」

自分はどれだけ穢れた者だと思われているのか。

身に覚えのないことで、これほど嫌われるとは……。

奏矢は笑いたくなってしまった。

「本当に、毎日顔を見ることはできるんですね？」

「ああ、約束しよう」

「よかった。ありがとうございます」

力強く答えたクリスヴァルトに、天音はようやく口元をゆるめた。そして、奏矢に目を向け訊ねてくる。

「奏矢はそれでいい？　本当に大丈夫？」

「ああ、俺なら平気さ。天音がいいなら、俺は大丈夫だから」

奏矢は硬い声で告げた。

天音はすでにクリスヴァルトに礼まで言っている。条件をのんでいるのだ。だから、今さら自分がいやだと言うわけにはいかなかった。

奏矢は深く息をつき、それからキッとクリスヴァルトを睨んだ。

「天音のこと、大切にしないと許さないからな」

相手が王様だろうと関係ない。これだけは約束してもらわなければ、安心できなかった。

「言われるまでもないことだ。光のエルフ族は、一度交わした約束は、何があろうと絶対に違《たが》えない」

「だったら、俺はあなたに言われたとおり、天音から離れていることにする。だけど、今はもう一つ条件を追加したい」

「なんだ？」

天音に対する時とは違い、クリスヴァルトの声は相変わらず冷ややかだ。

いくら自分に〝闇の気〟がついているからと言っても、ここまで徹底して扱いが違うと、悲しいより滑稽に思えてくる。

「俺たち、まだ寝ていた時にこの世界に召喚された。朝ご飯も食べてない。腹が減ってるんだ。今すぐ何か食べさせてほしい」

挑戦的に言ってのけると、クリスヴァルトはほんの一瞬だが青紫の目を瞠った。

食事を要求したことが、よほど意表を突いたのだろう。そのあと初めて笑みらしきものを向けられ、奏矢も思わず口元をゆるめた。

エルフ族は感情がないわけじゃない。あまりそれを表に出さないだけだ。

「奏矢、ぼくもお腹空《なかす》いてたの、思い出したよ」

天音はクリスヴァルトの腕からするりと抜け出し、そのまま近づいてこようとする。

だがクリスヴァルトがとっさに天音の手をつかんで動きを止めた。

「天音。接触禁止。接近も禁止、だろ？　俺から離れてないと」

気詰まりにならないよう、奏矢はことさら明るい声を出した。

「忘れてた」

答えた天音は小さく肩をすくめる。

「では、すぐに食事を用意させよう。アマネはしばらくここで待っていなさい。おまえは、こっちに」

クリスヴァルトにそう言われ、奏矢は仕方なく従った。

天音は、食事ぐらい一緒にできないのかと言いたげだったが、これからのことを考えると、離れているほうが賢明だろう。それに、こんな状況なら、なるべく早く一人でいることに慣れたほうがいい。

「じゃ、天音。またあとでな」

奏矢は、教室を出て、それぞれの部活に行く時のように、気軽に手を振った。

「奏矢も、気をつけてね」

天音の声を、奏矢は振り返らずに聞いた。

†

奏矢が使用人用の部屋に戻ってすぐに、ジークハルトが食事を運んできた。

最初のグループ分けと同じで、寡黙な獣人族の男が、奏矢の世話係になったのだ。

ジークハルトは小さな折りたたみのテーブルも一緒に持っている。ベッドのそばにそれを手早く広げて、食事のトレイを載せた。

焦げ目のついた大きな肉の塊に、どろどろのスープ、それと丸いパンだけで、野菜はなしだ。木で作ったカップに注がれているのはワインらしい。

「あの、ありがとうございます。ジークハルトさんは食べないんですか？」

奏矢は礼を言うとともに訊ねた。

「私は館の使用人と一緒に済ませました。それと、私の名はジークハルトか、ジークと呼び捨てに」

相変わらずそっけない答えだ。

「わかり、ました……」

奏矢はため息をついた。

それでもジークハルトは部屋を出ていかず、もう一つのベッドに腰を下ろす。

奏矢が寂しい思いをしているのを気遣ってのことか、それとも何か要求した時のために控えているのか、あるいは単に休息を取っているだけか……。

いずれにしても、一人きりでいるより、ずっとましだ。

「いただきます」

奏矢はきちんと両手を合わせてから、添えられたナイフとフォークを取った。

「うっ……硬……っ」

ナイフは普段見慣れたものよりずっと大きく、短剣と言っていいぐらいなのに、肉の塊は少しも切れない。

奏矢は懸命に格闘し、ようやく小さな肉片を口に運んだ。

「…………」

何度咀嚼しても肉片はなかなか噛《か》みきれなかった。おまけにいつ焼いたものか、すっかり冷え切っている。

奏矢はなんとか肉片をのみ込んで、スープを試してみることにした。

こちらも冷えているのは同じで、味付けも美味《おい》しいとは思えない。残ったパンも肉に負けないぐらいに硬くて食べるのに苦労した。

空腹だったはずなのに、いっぺんに食欲がなくなる。喉に詰まったものを流し込むために何か飲みたかったが、ワインに手を出すのはさすがに躊躇《ためら》われる。

「あの……お水、飲みたいんですけど」

奏矢は遠慮がちに言ってみた。

「葡萄酒《ぶどうしゅ》は飲まないのですか？」

「ぼくたちがいた世界では、お酒は二十歳《はたち》過ぎじゃないと飲めないんです」

奏矢は力なく言い訳をした。

それでもジークハルトはすぐにベッドから立ち上がり、部屋から出ていく。

一人になると、惨《みじ》めさと情けなさが一度に襲いかかってきた。

普段から贅沢などしていない。食事だって交代で作っている。

最初に覚えたのは目玉焼きだった。黄身がぐちゃぐちゃになってしまい、塩胡椒《こしょう》を振りすぎて味もぞっとするほどだった。初めて作ったカレーも焦げつかせてしまい、苦くてどうしようもなかったけど、それだって天音が一緒だったから、今ではいい思い出になっている。

「俺って、実はすごく弱い奴だったんだ……」

奏矢は自嘲気味に呟いて、こぼれた涙をシャツの袖で拭った。

さほど待つこともなくジークハルトが戻ってきて、水と一緒に温かなお茶がテーブルに載せられる。

「あ、ありがとう」

奏矢は湯気の立ったカップを急いで口に運んだ。

やわらかな香りはカモミールに似ている。味もソフトで、何よりも、温かなお茶を飲めただけで、落ち込んでいた気分がやわらいだ。

それに独りぼっちの寂しさも、無口な男がいてくれるだけで慰められる。

「あの、ジークハルトさん」

「ジークハルト、あるいはジークと」

すかさず訂正されて、奏矢は微笑んだ。

獣人族の若者は、貴族的なエルフ族とは違って、自分にも優しく接してくれる。それが心底嬉しかった。

「それじゃ、ジーク……、俺にこの世界のことを教えてくれませんか？」

奏矢は隣のベッドに腰かけたジークハルトに、真摯な眼差しを向けた。

「世界の何を？」

「たとえば、あなたたちの種族のこととか……あなたはすごく強そうなのに、どうしてエルフ族に従ってるんですか？」

奏矢はそう口にしたあと、すぐに反省した。いきなりこの質問は、ぶしつけだったかもしれない。

しかし、ジークハルトは気を悪くした様子もなく、淡々と答える。

「我々獣人族の国は、トラウゴットの手先となった人間族に荒らされた。俺は深手を負ったところをエルフ族に助けられた。その折の契約によって、三年の間、奴隷として働くことになっている」

奏矢は驚きで目を見開いた。

「つまり、恩返しってことですか？　でも、奴隷だなんて……」

「失うはずだった命を借りたのだ。その対価として、奴隷になるのは当然のこと」

奏矢は改めて、ジークハルトをまじまじと見つめた。

精悍な顔の獣人族は、自身の口で奴隷と言いながらも、卑屈なところはまったくない。それどころか、誇り高い孤高の王といった雰囲気を持っている。

それに、よくよく思い出してみれば、繋《つな》がれたり鞭《むち》で打たれたりして強制的に働かされているわけでもなかった。

「エルフ族というのは、この世界で一番高い地位にいるのですか？」

「光のエルフは、このアルフヘイムを創り出した種族だ。当然のことだが、他の種族から敬われている」

ジークハルトの言葉に、奏矢はちらりとクリスヴァルトの美貌を思い浮かべた。

この世界でもっとも敬われている光のエルフ族、その頂点に立つのがクリスヴァルトだ。

物腰はやわらかいのに、人を圧倒する威厳があるのも納得だった。

けれどもクリスヴァルトは、天音にだけはあんなにも優しかった。

そう思うと、何故かきりきりと胸が痛む。

「ここから水晶宮に行くまでって、どのぐらいかかるんですか？」

「馬を飛ばせば十日。だが、馬車を仕立てていくことになっているので、二十日ぐらいはかかるだろう」

「二十日も……」

奏矢は深いため息をついた。

アルフヘイムの世界がどのぐらい広いのかはわからない。でも、一番速い移動手段が馬なのだろう。車や電車や飛行機は、この世界にはない。

それに電子レンジもないのだ。

奏矢はほとんど減っていない食事をちらりと見て、ゆるくかぶりを振った。

†

その夜半――。

水晶宮に向けての出発は明日の朝だということで、奏矢はジークハルトと一緒の部屋で眠りについていた。

ベッドは硬く、それに精神的な負担も大きく、最初はまったく寝つけなかった。

それでも、うとうとし出したところで、奏矢は夢を見た。

いつもどおりに授業を受け、天音とは廊下で左右に分かれた。部活のテニスをやるため、部室に向かっている最中、突然あたりが真っ暗になってしまう。

そして闇の中から、しきりに奏矢を呼ぶ声がした。

――こっちだ。さあ、早くこっちに来い。

男の声とも女の声とも判別がつかない。若いか年老いているかもわからない声だ。

ただ、その不気味な響きに、身体中が金縛りに遭ったように硬直する。

――さあ、早くこっちに来い。そこはおまえの居場所じゃない。こっちだ。

不気味な声だけではなく、闇の中から鋭い鉤爪《かぎづめ》を持った真っ黒な手も伸びてきた。

それはぐにゃりと細長く何本もに分かれ、まるで蛇《へび》のように迫ってくる。

早くここから逃げないと！

奏矢は必死に駆け出そうとしたが、気持ちが焦るばかりで足は一歩も動かなかった。

まるでその場に縫い止められてしまったかのように動けない。

だ、誰か、助けてっ！

あ、天音……天音はどこにいる？

おかしなのがいるから、おまえも早く逃げろ！

奏矢は懸命に叫んだ。

でも、どんなに必死になろうと、声にならない。喉に何か詰まっているみたいに、声が出せなかった。

——こっちだ。早く、ここまで来い。

不気味な声は止むことなく続き、奏矢を捕まえようとする手も間近に迫ってくる。

誰か、助けて！　誰か——っ！

闇にのまれる寸前、奏矢は絶叫した。

それから、ふいに静寂が訪れる。

全身に感じた不快感に、奏矢は重いまぶたを開けた。

窓からうっすらと青白い光が入り込み、室内の様子がぼんやり像を結ぶ。

見慣れない部屋、そして硬いベッドの感触で、奏矢はここが異世界だったことを辛うじて思い出した。

奏矢はゆっくり半身を起こした。

喉がひりついたように痛みを訴えている。汗をびっしょりかいていた。そして全身を覆う疲労感……。

恐ろしい悪夢を見たのだ。

隣のベッドでは獣人族の若者が、深い眠りについている。

天音は大丈夫だろうか？

自分と同じように、恐ろしい夢を見ていないだろうか？

いや、きっと天音は大丈夫だ。

このおかしな夢は……きっと俺だけが見てる。いや、見させられているのかもしれない。

だって、あの人が言っていた。

俺には〝闇の気〟がまとわりついていると……。

恐ろしい夢を見たのも、きっとそのせいだ。

あの極彩色の森でもおかしな影が追いかけてきた。あの時はペンダントもしていなかったのに、こっちへ来いと呼ばれたことをはっきりと覚えている。

それも、自分に〝闇の気〟が取り憑いていたせいだと思えば説明がつく。

不安がひたひたと忍び寄り、奏矢は小刻みに身体を震わせた。

悪夢から覚めても、ここはまだ夢の中。エルフや獣人族、そして魔物や魔道士が跋扈する異世界だ。

ぬくぬくとしたぬるい現実には、まだ戻れそうもなかった。

3

エルフ族の王城・水晶宮に向かう隊列は、翌日の朝早くにギゼン公の森を出発した。

純白の軍服を着た天音は天蓋《てんがい》のついた立派な二頭立ての馬車に乗せられ、すぐそばに葦毛に騎乗した光のエルフの王クリスヴァルト、そして三人の側近をはじめとするエルフ族の騎士が十人ほどで取り囲んでいた。

他は人間族の男たちで、革の胸当てをつけて馬を駆る戦士、それと十台の荷馬車を引く者がいて、隊の総数は百人にも及んだ。

奏矢が乗せられているのは、幌《ほろ》をかけた荷馬車だ。

天音との扱いの差には今さら驚きもしないが、ジークハルトがすぐ横で馬を進めてくれていることには多少なりともほっとなる。

ギゼン公の館がある森を出ると、進行方向の右手には、頂上に雪を戴いた山脈が見えてきた。昨日初めてこの異世界に来た時にも見た覚えのある山だ。

隊列はかなりのスピードで進んでいくが、草原の中に辛うじて、土を踏み固めた白っぽい道が見えているような場所だ。舗装などされているはずもなく、荷馬車はひどい揺れで、奏矢はすぐに気分が悪くなった。

車酔いなどしたこともないのに、さすがに吐き気がしてくる。しかし幸か不幸か、朝食もろくに口にできない状態だったので、荷馬車を汚すようなはめにはならなかった。

天蓋付きの馬車に乗った天音だって、状況にはさほど違いはないはずだ。

そう思いつつ、懸命に口を押さえていると、案の定隊列がストップする。

奏矢は荷馬車から身を乗り出し、前方の様子を窺った。

クリスヴァルトが、天蓋付きの馬車から天音を抱き下ろしている。

すぐさま椅子が用意され、天音が力なくそこに腰かけていた。

馬を下りたエルフの騎士たちがわらわらと天音を取り囲み、心配そうに様子を覗き込んでいる。そして飲み物が用意され、天音は青ざめた顔でそれを飲んでいた。

「天音、大丈夫かな……。大丈夫だよな。みんなであんなに気を遣ってるんだから……」

ほっとしつつ、そう呟いていると、ジークハルトが馬を寄せてくる。

「薬、貰《もら》ってきますか?」

「え、ああ……でも、迷惑かけたくないから、俺は……いいです」

奏矢は力なく首を振った。

自分は厄介なお荷物認定をされている。ジークハルトだって奴隷の身分だと言っていたのだ。彼によけいな手間はかけさせられない。

「遠慮は無用です。あなたが必要とすることには対処しろと命じられておりますので」

ジークハルトはにこりともせずに言う。

「俺の世話をしろってこと？」

「はい。王にそう命じられております」

短い答えに、奏矢は目を見開いた。

あの冷たいクリスヴァルトが、わざわざそう命じてくれていたことに驚いてしまう。

自分を気遣ってというより、天音の願いに応えてのことだろうけれど、それでも完全に無視されているよりは遥かにましだった。

「すみません。それじゃ、俺にも酔い止めの薬、お願いします」

「わかりました」

ジークハルトはそう言って、すぐに前方へと馬を進めていく。

後ろ姿を見送った奏矢は、深く息をついて荷馬車に座り直した。

大きな木箱に背中をよりかからせて、力なく両目を閉じる。吐き気が収まらず、額《ひたい》に汗も滲んでいた。

出発して早々にこの状態は、自分でもいささか情けなかった。体力には自信があるなどと、己を過信していたのがおかしくなる。

「顔が青いな。それとも、熱があるのか？」

そんな声とともに、いきなり額に手を当てられて、奏矢ははっと目を開けた。

「あっ」

信じられないことに、手を当てていたのはクリスヴァルトだった。

青紫の目で注意深く顔を見られている。

心臓がドキンと跳ね返った。

あまりにも間近にクリスヴァルトのきれいな顔があって、かっと頬が熱くなる。

思わず息を止めていると、クリスヴァルトの手はすぐに離れていく。

「ジークハルト、医師を呼べ」

「はっ」

思いがけない展開に、奏矢はまともに口をきくことさえできなかった。

クリスヴァルトが後方までわざわざ足を運んでくるとは驚きだ。闇に包まれているはずの自分に、直《じか》に手を触れてきたのも信じられなかった。

「この荷台は狭い。待っていろ」

驚くべき展開がさらに続き、クリスヴァルトは自ら邪魔だった荷物をずらし、奏矢が横になれるだけのスペースを確保してくれる。

奏矢は何を言っていいかもわからず、呆然とクリスヴァルトのやることを眺めていた。

「そこで横になっていろ」

そっけなく命じられ、広くなった場所に身体を横たえる。

それとほぼ同時に、ジークハルトに案内されて、医者らしきエルフがやってきた。年齢は四十ぐらいか、銀と黒が混じった髪で、エルフ族の中でもひときわ痩せている。グレーの長衣に身を包んだ男は、整ってはいても神経質そうな顔立ちだった。

「この者を診《み》てやれ」

クリスヴァルトは短く命じ、場所を譲った。

ところが、エルフの医者は奏矢をちらりと見ただけで、近づいてこようとしない。

「陛下、この私に、このような者を診ろとご命令ですか?」

「そうだ。そう命じた」

「しかし、この者は……」

医者はさらにたたみかけようとしたが、クリスヴァルトが鋭く割って入る。

「それ以上、口にするな。そなたは私が命じたことだけをやればよい」

「……はい、申し訳ありません」

医者はそう言って頭を下げたが、奏矢に近づくのをいやがっているのは明らかだった。

辛うじて様子を覗き込んだだけで、決して手で触れようとはしない。

「朝は何を食した?」

「……スープとお茶……」

奏矢はそう答えたが、スープも全部食べられたわけではなかった。美味《うま》いとか不味《まず》いとか言う以前に、まったく喉をとおらなかったのだ。だから昨日と同じで、まともに摂取したのはお茶だけだ。

「空腹だったせいで、具合が悪くなったとでも？」

「いえ、……俺は……荷馬車に慣れなくて、それで少し気分が悪くなっただけです」

責めるように問われ、奏矢は懸命に言い訳した。

エルフの医者は、むっとしたような顔を見せながら、奏矢から視線をそらす。

「陛下、この者の申すとおり、馬車の揺れで多少気分が悪くなっただけでしょう。慣れない者は誰しもがなること。あとで、そこの獣人に薬を渡しますので」

医者はクリスヴァルトにそれだけを報告し、去っていった。

「しばらくしたら出発するが、おまえはそれで大丈夫か？」

相変わらず冷淡な表情だが、王は多少なりとも心配してくれている。

「平気……です。あの、……医者を呼んでもらって、ありがとうございました」

奏矢は上体を起こし、丁寧に頭を下げた。

恨み言ばかり口にしそうになっていたけれど、この王のほうが医者よりよほど誠実だ。そうすることが最終的に天音のためなのだとしても、奏矢にはありがたかった。

ジークハルトがすぐに医者のところへ行き、薬を貰ってきてくれる。

素焼きのカップに注がれた薬は、ミントに似た香りのする冷たいハーブティーだった。それを飲むと、不思議と吐き気が収まる。

たとえ嫌われていたとしても、医者は義務を守ったのだし、日頃から診断を誤ったりはしないのだろう。

ハーブティーを飲み終わった頃に、隊列が再び進み始める。

前方の天蓋付き馬車に目をやると、天音が窓から身を乗り出し、こちらに手を振っていた。

馬車の横ではクリスヴァルトがゆったり葦毛の馬を進めている。

「天音……」

奏矢は天音に応えるために、左腕を大きく伸ばした。

天音だって頑張っているのだ。

自分は〝闇の気〟のせいですっかり嫌われ者だが、天音に課せられているのは、世界を救うという、とんでもなく大きな使命だ。

それを思えば、泣き言など言ってはいられなかった。

†

夜になり、一行は野営することになった。

草原の真ん中に何十張りものテントが立てられている時、奏矢はようやく天音と会うことができた。

「奏矢、よかった。心配したよ」

「天音も、大丈夫だった？　馬車酔いってやつ？　ひどかっただろ？」

元気がないことを覚《さと》らせてはならないと、奏矢は両手を広げおどけた言い方をした。

天音は不快な揺れを思い出したように、可愛い顔をしかめる。

ほっそりした肢体に純白の衣装。天音には、その装いが、最初からこの世界の住人だったかのように似合っていた。耳は尖っていないけれど、まるでエルフの王子様だ。

「馬車、ほんとに揺れたよね」

「うん、揺れた、揺れたぁ。俺なんて、途中で何回も吐きそうになった」

奏矢がそう言うと、とたんに天音が心配そうな顔になる。

「大丈夫？」

手を伸ばしてこようとした天音をさりげなく止めたのは、クリスヴァルトだった。

兄弟間の話には介入してこないが、天音の肩を大事そうに抱き寄せて、奏矢との接触を阻《はば》もうとする。

奏矢は胸につきりとした痛みを感じながら、視線を落とした。

天音には話したいことが沢山あったはずなのに、もうそんな気が失《う》せてしまう。

「天音、悪いけど、俺、ジークハルトの手伝いしてくる。面倒見てもらってるだけじゃ悪いからさ」

奏矢は適当な言い訳で、天音に手を振った。

「奏矢、一人で大丈夫？」

「大丈夫に決まってるだろ。俺、体力だけは自信あるもん。今日は馬車に慣れてなかっただけ。明日からはきっと平気」

奏矢は手をひらひらさせながら、天音から距離を取った。

宣言どおりにテント張りを手伝うつもりで、ジークハルトが作業している場所を目指す。

けれども人間族の間を縫って歩いている時、何故か突き刺すような視線を感じた。

「……気味が悪い」

「王はどうして、あんな奴の同行を認められたのだ？」

「闇に侵されてるって噂なのに、ほんとに大丈夫なのか？」

翻訳機能付きペンダントのお陰で、ひそひそと囁く声もちゃんと理解できる。

いつの間にか自分のことが人間族の間でも噂になっていたのだ。

奏矢はふうっとため息をついた。

好奇と嫌悪の視線にさらされて居心地が悪いが、落ち込んでいても仕方がない。

奏矢はジークハルトの後ろ姿を見つけ、わざと大きく声をかけた。

「ジーク、何か俺にできることある？　手伝うけど」

「ソウヤ様、宿営用の天幕はすでに立てましたので」

　この獣人族の精悍な男だけは、最初から態度が変わらない。他のエルフや人間族が奏矢をどんなに嫌おうと、ごく普通に接してくれる。それが何よりもありがたかった。

「じゃあ、食事の用意とかは？　俺、家で自炊だったから、得意料理もあるし、何か手伝えると思うけど」

「食事の用意はあそこでまとめて行っております。エルフ族の方々のものは別ですが、他の者は皆同じものを食べますから」

　ジークハルトが指さした方に目を向けると、十人ほどの人間族が固まっていた。

「へえ、あそこで炉《ろ》の用意をしてるのか……完全にアウトドアでバーベキューってやつか。また昨日みたいな硬い肉を出されると、食べられないよな……自分の分は自分で焼きますとか言ったら、迷惑かな……」

　奏矢は調理場のほうを眺めながら独りごちた。

　すると隣に立っていたジークハルトが珍しく、くすりと忍び笑いを漏らす。

　奏矢は驚いて、そんなジークハルトをまじまじと見てしまった。

「ジークも笑ったりするんだ……」

「すみません。あなたが夕食のことで真剣に悩んでいるご様子でしたので」

　ジークハルトはすぐ真面目な顔に戻ったが、今度は奏矢のほうが微笑んだ。

「俺、この世界の人は笑ったりしないのかと思ってたんだ。でも、ジークの笑い声を聞いて少し安心した」

「あなたは感情がすぐ表に出るようですね。俺たちはその時の気分次第ですが、エルフ族は違います。感情の起伏が激しいのは慎みのないことだと思われている。ですから笑ったりすることは滅多にありません」

「へえ、やっぱりそうなのか」

ジークハルトの言葉に、奏矢は納得した。

そうなると、クリスヴァルトが不快げに眉根を寄せた時は、見かけよりも相当怒っているということになる。今後はもっと注意して観察したほうが無難だろう。

「ソウヤ様。夕食の件ですが、なんとかなるかもしれません。頼んでみましょう」

獣人族の若者はそう言って、調理場のほうへ歩いていく。

奏矢は何気なくそのあとを追った。

「待ってジーク、俺も一緒に行くから」

調理場では火が熾《おこ》され、その横の木の台で、まさしく肉を焼く準備をしているところだった。ごろんと大きな塩漬け肉の塊を二つに切り分け、金串《かなぐし》を刺している。

調理場の横では何人かの人間族が折りたたみテーブルと椅子を並べていた。

奏矢は調理場での作業を興味深く見守った。

目はどうしても、ごろんと転がされた肉の塊に向いてしまう。昨夜食べさせられたものは最悪だった。

うまく焼けば、そんなに硬くはならないと思うけどな……。

奏矢がそんなことを考えていた時だ。

隣でいきなり、ぎょっとしたような叫び声が上がった。

「お、おまえ！　な、なんだって、こんなとこにいる？」

「わっ、トラウゴットの申し子だ！」

「よ、寄るな！　俺たちに近づくな！」

奏矢に気づいた者たちは、口々に叫んでその場から飛び退《の》く。

肉を解体していた大ぶりのナイフを振り上げた者までいて、奏矢は硬直した。

「待て！　この方に危害を加えてはならぬ！　王のご命令だ！」

ジークハルトがさっと前に出て奏矢を庇ったが、男たちの興奮は収まらなかった。

「いくら妖精王のご命令でも、こんな不吉な奴が一緒だなんて、冗談じゃない」

「ああ、そうだ。こいつは闇の魔道士の仲間だろ？」

「なんだって、そんな奴が紛れ込んでるんだ？」

ジークハルトが身を挺《てい》して庇ってくれているので、奏矢を傷つけようとする者はいなかった。だが、騒ぎは大きくなっていくばかりだ。

奏矢は泣きそうに顔を歪《ゆが》めた。

男たちの憎しみに満ちた視線が痛い。自分では何も悪いことをしていないのに、一方的に責められるのがつらかった。

しかし、その時、張りのある声があたりに響き渡る。

「静まれ！　何事だ？」

颯爽《さっそう》と姿を現したのはクリスヴァルトだった。背後には側近のエルヴィンを従えている。

二人とも、長時間馬で走ったあととは思えないほど、すっきりとした装いのままだ。

「騒ぎの原因はまたおまえか」

ひときわ冷ややかな声を出したのはエルヴィンだ。王の従兄弟だと言っていたが、王族だからか、冷徹さも際立っている感じだ。

そしてクリスヴァルトはじろりと騒いでいた者たちを眺める。

エルフ族と人間族の間には越えようのない身分差があるらしく、皆、いっぺんに静かになった。

「この者は私が水晶宮まで連れていくと決めた。その決定に不服を唱えたい者がいるなら、一歩前へ出るがよい」

冷たく響く声に、人間たちは萎縮《いしゅく》したように動かない。

だが、そのうち一人の壮年の男が意を決したように口を開いた。

「ご命令に逆らうつもりはありません、陛下。しかし、本当に大丈夫なのですか？　そいつにはトラウゴットの」

「黙れ」

「ひっ！　お、お許しを！」

クリスヴァルトに睨まれた男は、その場でがばっと跪いた。

「この者は竜の歌姫となるアマネの兄弟だ。訳あってアマネと別行動を取っているにすぎない。この者を不当に扱うことは許さん。侮辱することも許さん」

奏矢の心中は複雑だった。

面と向かって庇ってもらえたことは嬉しい。でも、それで皆の不安が解消されるわけではないのだ。いくらクリスヴァルトの命令でも、皆が奏矢を怖がるのは止められないだろう。

しかし奏矢の想像は、次の瞬間にあっさりと覆されたのだ。

「闇の魔道士トラウゴットを恐れる必要はない。ここはすでにエルフ族の領土。おまえたちと供にあるのは、光のエルフの王、このクリスヴァルトだ」

感情のこもらない、淡々とした声だった。

けれども、人間族の男たちは心底安堵したように、力を抜く。

「クリスヴァルト王！」

「光のエルフの王！」

誰からともなく歓喜に満ちた声が上がり、それが大きなうねりのように広がっていく。

闇の魔道士を打ち破るのは、光のエルフの王。

それを心底から信じているのだろう。

鮮やかに騒ぎを収めてみせた王は、最後にジークハルトを見やった。

「ジークハルト、その者の世話はおまえの手に余るか？」

「いえ、そんなことは……。配慮が足りず、申し訳ございません」

ジークハルトはすかさず頭を下げる。

それを見て、奏矢は我慢できずに口を挟んだ。

「待ってください。ジークハルトは悪くありません。俺が我儘《わがまま》を言っただけです。俺、この先は大人しく隅に引っ込んでるようにしますから。なるべく他の人と顔を合わせないように……それでいいですか？」

奏矢はじっと青紫の双眸を見つめた。

クリスヴァルトは何か言いたげな様子で、見つめ返してくる。

だが、結局は何も言わず、ジークハルトに再び目を向けただけだった。

「身の安全を含め、きちんと世話をしろ」

「御意」

命じられたジークハルトはさっと姿勢を正す。

クリスヴァルトは何も言わず、側近のエルヴィンを従え、その場から離れていった。

†

水晶宮への旅が始まって七日が経った。

荷馬車の揺れにもそれなりに慣れ、また、ジークハルト以外の、人間族の者たちとはなるべくかかわらずに過ごすことも覚えた。

天音とは朝、出発する時に顔を合わせ、それと夕食も一緒に摂っている。

騒ぎが起きたことで、クリスヴァルトが配慮してくれたのだ。なるべく距離を保っていろと厳重に注意されているが、それでも天音とまた一緒に食事ができるようになったのは、何よりも嬉しいことだった。

エルフのために調理をする者たちも人間族だったが、古くから王家に仕えているため、よけいな口をきかないように徹底されているらしい。それに、奏矢が思いついた調理法を、天音を通じて伝えると、すぐに対応もしてくれた。

お陰で奏矢と天音は、新鮮な野菜もメニューに加えてもらえることになったのだ。

進路を西へ取るようになっても、草原が続いていた。なのでフレッシュな野菜の採取には苦労しない。ハーブ類はもともと多く使用されていたので、奏矢は新しいドレッシングの提案もしてみた。

まずは、タンポポによく似た草を摘んで、木をくりぬいた大皿に盛りつけておく。ドレッシングは、ベーコンみたいな肉の燻製《くんせい》をじっくり炒め、そこにレモンみたいな果実を搾《しぼ》り、塩胡椒で軽く味を調える。まだ熱いうちにタンポポ風の草に回しかけると、立派なダンディライアン・サラダの出来上がりだ。

硬い肉はシチューにする他、薄くそぎ切りにして野菜と合わせて中華風に炒めるという手もある。硬いパンも同様に、卵とミルクに浸けてフレンチトーストにすれば、なかなかいい感じだった。茹《ゆ》でるか目玉焼きぐらいしかなかった卵料理のレシピも、スクランブル、オムレツ、ポーチドエッグと、種類を増やしてもらったのだ。

「奏矢が一緒に食事をしてくれるようになって、ほんとによかったよ」

天音は折りたたみのテーブルにつき、はふはふ言いながらダンディライアン・サラダを口に運んでいる。

奏矢は少し離れた場所に、専用のテーブルを用意してもらい、天音の満足そうな顔を眺めていた。

天音の隣にはもちろんクリスヴァルトが座っている。だが、エルフ族の食事量は極端に少なかった。頻繁に飲んでいるのはハーブティーで、あとはパンと野菜を少し口にする程度。あの硬い肉を食べるのは人間族のみだった。

食事中、よく話題に上るのは、現実世界、つまり日本のことで、自分たちが消えて大騒ぎになっていないかという心配だった。しかし、クリスヴァルトがいつもそばにいるせいで、徐々にその話題は控えるようになってきた。

奏矢は違うかもしれないが、天音を無理やり召喚したのはクリスヴァルトだ。だから、本人を目の前にしては、嫌味になってしまうからだ。

その代わりに、この世界についてお互いに得た知識を明かし、情報交換はしている。

アルフヘイムと呼ばれるこの世界は、光のエルフ族が造ったとされ、ほぼ菱形《ひしがた》をしているという。中央には十字に山脈が走り、それを境として四つの国が存在する。

山脈は東西に走るもののほうが険しく、エルフの国はその南側の西半分を占めていた。東側は人間族の国で、最初に見えていた山脈が国境になっているという話だ。

北方にはドワーフと獣人族の国がある。ドワーフは北方の西側、獣人族の国は東側だというが、山脈が高く険しいお陰で、ほとんど行き来がない状態らしい。

闇のエルフを葬った地底への入り口は、十字に走る山脈が交差する、アルフヘイムの中心にある。そこにはもっとも標高の高い山々が集中し、誰も近づけないとのこと。また、同じ場所にドラゴンの巣もあると信じられていた。

他に得た知識としては、エルフの人口が極端に少ないことだった。ドワーフと獣人族の数はよくわかっていないらしいが、エルフの数は、人間族の二十分の一にも満たないという話だった。

「奏矢、いつの間にかこの世界のことに詳しくなったね」

食事を終え、天音は素朴な素焼きのカップでハーブティーを飲みながら、そんなことを言い出す。

「ジークハルトに色々聞いた」

奏矢がそう答えると、天音はふいに声を潜めて訊ねてくる。

「あの人、獣人族って言ってたけど、何かに変身したりとかするのかな？」

「さあ、そこまでは聞いてない。でも、双子に偏見はないみたいで助かってる」

奏矢も声の調子を落としたのは、天音の隣にいるクリスヴァルトを気にしてのことだ。

二人の話を邪魔するようなことはないが、なんとなく遠慮がちになってしまう。

「そうなんだ……。だけどさ、この世界ってほんとに不思議なことが多いね。エルフ族の人たちだって、普通に魔道が使えるんだよ。ねえ、クリスヴァルト様？」

天音は途中でまた声の調子を変え、クリスヴァルトのほうに顔を向けた。

「えっ、だって、魔道士はほとんど残っていない。魔道は失われたって言ってたじゃないか」

奏矢がそう異議を唱えると、隣からクリスヴァルトがさりげなく口を挟んできた。

「アマネが言う魔道とは、暗闇で光を灯《とも》す類《たぐい》のことだろう」

「そうです。ぼく、初めて見せてもらった時、すごく驚いて……また、あれを見せてくださいませんか？」

天音はにっこりと笑みを浮かべ、甘えるように言う。最初の頃とは違って、エルフの王に、かなり気を許している様子だ。

あれだけ大事にされれば、それも当然か……。

そう思った奏矢は、また胸の奥にざわめきを感じる。

その間に、天音の要望に応えて、クリスヴァルトがすっと掌《てのひら》を上に向けた。

すると、その大きな掌の上に、ぽわんとした球形の発光体が出現する。

「うわぁ……」

奏矢は思わず感嘆の声を上げた。

青白い、でも優しくてやわらかな感じがする光の玉だった。直径は十センチほど。その光の玉が、クリスヴァルトの手を離れ、ふわりと空に浮かぶ。

その玉は、まるで蛍《ほたる》のようにふわっふわっと時折明滅をくり返し、微風に乗って高く浮かび上がっていく。

満天の星空が広がるなか、光の玉は優雅な軌跡を残しながらたゆたっていた。

「こんなものは魔道と呼ぶほどでもないが」

クリスヴァルトは続けて二つ、三つと光の玉を生み出していく。

「うわぁ、きれいだ」

天音のうっとりしたような声を聞きつけ、他のエルフたちもクリスヴァルトに倣《なら》って光の玉を浮かせ始める。

やわらかく明滅する光は百を超え、星空をバックに、本当に蛍が嬉しげに舞っているかのように幻想的な光景を作り出した。

この世界に来てからずっと疎外感ばかり覚えさせられてきたけれど、奏矢は今初めて、胸の奥にも暖かな光が灯ったかのような気分を味わっていた。

今までは激変した現実についていくので精一杯だった。でも、ふと気づいてみれば、ここはこんなにも美しいものに出会える世界でもあるのだ。

尖った耳を持つ美しいエルフ……そして、冷淡なのか優しいのか、よく判断のつかない彼らの王……。

これから先どうなるのか、まだ不安の種はいっぱいあったけれど、悲観しているばかりではいけないと思う。

この世界にはこんなにも美しいものがあるのだから、もっと希望を持って生きていってもいいのではないだろうか。

いつか現実の世界へ帰った時、今の光景を懐かしく思い出せるように、すべてを目に焼きつけておきたい。

奏矢はそう思い、無意識に、上空の光の玉からエルフの王へと視線を移した。

クリスヴァルトは何故か、天音ではなく、真っ直ぐに奏矢を見つめていた。

青紫の瞳と視線が合って、ドキリと大きく心臓が高鳴る。

何故だか頬までがかあっと熱くなった。

最初は双子だからという理由だけで無視されて、こんな人は嫌いだと思った。

でも王は天音のために、自分たちのことを理解しようと努力してくれている。不遜《ふそん》なだけではない。誠実なところもあるのだ。

目にするのもいやなはずの奏矢のことだって、ちゃんと気遣ってくれて……。

それでも、こんなふうに視線が合っただけでドキドキするのは、絶対におかしいのに……。

†

その夜半――。

奏矢は再び恐ろしい夢を見た。

真っ黒な霧状の魔物がしきりに呼びかけてくる。

――こっちだ。こっちへ来い。早く来い。そこはおまえのいる場所じゃない。おまえはこちら側に来るべき人間だ。早く来い……早く、こっちへ……来い……。

魔物は黒い霧からぐにゅりと触手を伸ばし、奏矢の頬に触れてくる。

いやだ！　やめろ！　あっちへ行け！

いくら両手で振り払っても、魔物の触手は何本もに分裂し、まとわりついてくる。

気持ちの悪さが耐えられなかった。

必死に足を動かして逃げようとしても、魔物のスピードには敵わない。

そのうち触手が足首に絡んで、身動きが取れなくなった。腕や腰、腹や胸、首と頭部にも触手が絡みついて、ぐにゅりぐにゅりと全身を撫で摩《さす》られる。

いやだ！　助けて！　誰か！　クリス、ヴァ、……様っ、助けて……っ！

あまりの気持ち悪さで、奏矢は必死に叫んだ。

だが叫びながらも、どこかで自覚していた。

これは夢だ。夢だから、早く目を開けてしまえばいいだけだ。

奏矢は魔物から逃げ出そうと足掻《あが》く一方で、自分を目覚めさせることにも懸命になった。

それでもまぶたは鉛のように重く、少しも動かない。

全身に大きな岩の塊でも乗せられているかのように、身動《みじろ》ぐことさえできなかった。

――早く、早く……こっちに来い。来るんだ……。

いやだ！　絶対に行くもんか！

何度も何度もくり返し、そして唐突に目覚めが訪れた。

「……っ、う、く、は……っ」

いっぺんに大量の空気を吸い込んで、肺が苦しい。

奏矢は涙を滲ませながら、浅く短い呼吸をくり返した。

眠る時はいつもシャツだけの格好だ。それが汗で肌に貼りついて不快だった。

ドーム型のテントの中には、簡易ベッドが二つ並べてある。

奏矢は懸命に重いまぶたを開けたが、テント内は暗闇に包まれていた。

「ジーク……？」

奏矢は首だけ曲げて隣のベッドを見たが、そこにいるはずの人影がない。

が、その直後、ばさっとテントの入り口が捲《めく》られた。

「ソウヤ様！　魔物が襲ってきました！」

「ええっ！」

ジークハルトの声で、奏矢は再び硬直した。魔物と聞いただけで、心臓がぎゅっと縮み上がった気がする。

「あなたはその毛布を被って、ここでじっとしていてください。動いてはいけません。いいですね？」

ジークハルトはそれだけ言って、奏矢の頭からすっぽりと毛布を被せた。

そしてジークハルトがテントを飛び出していったと同時に、魔物の恐ろしい咆吼《ほうこう》が襲ってきたのだ。

「クゥエ――――ッ！」

「ギャ――――ッ！」

「グウェ――――ッ！」

一匹どころか、何匹も同時に恐ろしげな叫び声を上げている。

奏矢はベッドから下り、毛布の端をしっかりつかみながら、床で蹲っていた。

そのうちバリバリッと音がして、魔物の鉤爪でテントの外幕が裂かれる。

「ああっ！」

思わず悲鳴を上げた時、破れ目から外の光景が見えた。

ジークハルトが何度も長剣を振って魔物を斬り伏せている。

魔物は本当に間近まで迫っていた。前に見たのと同じで、オタマジャクシのお化けみたいな奴、毛むくじゃらの巨大な蜘蛛《くも》や蝙蝠《こうもり》みたいな奴もいる。黒い影の中に大きく裂けた口と金色に光る目を持った奴もいた。

身動きすらできずにいたが、ジークハルトは最強の戦士らしく、次々と魔物を屠《ほふ》っていく。そしてテントのまわりにいた魔物を片付けたあと、他の場所へと進んでいった。

この世界でも希望を持ってとか、暢気なことを考えていた自分は本当に愚かだった。

こんな恐ろしい化け物を相手に戦うなんてできっこない。身体中が凍りついたように動かなかった。

ジークハルトが自分を守ってくれるように、天音はクリスヴァルトが守っている。

恐怖に震えながらも、天音は絶対に大丈夫だからと、それだけは信じていた。

でも、そんな油断を突くように、テントの外幕がいきなり大きく破られる。

一度に三匹の蜘蛛お化けが襲ってきた。

「！」

奏矢は逃げるどころか、化け物を見つめているしかできなかった。

視界の隅でジークハルトがこちらを振り返る。でも、距離がありすぎて間に合わない。

蜘蛛お化けの肢《あし》が何本もいっせいに伸びてくる。

やられる！

奏矢はぎゅっと両目を閉じた。だが、覚悟した痛みは感じない。

代わりにズザッと鋭い音がして、その直後、怪物が断末魔の叫び声を上げた。

「立て、ソウヤ！　私の後ろについていろ！」

なんと、魔物を片付けたのはクリスヴァルトだった。

王自らが助けに来てくれたのだ。

奏矢は反射的に立ち上がり、クリスヴァルトの背に隠れた。

光のエルフの王はあくまで優雅に魔物を次々と斬り伏せていく。少しの無駄もない、流れるような動きは、まるで舞を見ているかのようだ。奏矢はそこに立っているだけでよかった。

そのうち叩きつける雨のように矢が飛び交って、夜空に広がっていた魔物たちが端から全部片付けられていく。隊にいる人間族も、それぞれが屈強の戦士であることを証明して見せたのだ。

静寂が戻ったのは、それから間もなくのことだった。

「ソウヤ、怪我はないか？」

くるりと振り向いたクリスヴァルトに訊ねられ、奏矢は胸をドキリとさせながらも辛うじて頷いた。

「はい、……大丈夫です」

からからになった喉で掠れた声を出すと、クリスヴァルトがふっと口元をゆるめる。

こんなやわらかな表情を向けられたのは初めてで、心拍数がまた大きく跳ね上がった。それに「ソウヤ」と名を呼ばれたのも初めてだ。

「今宵はもう魔物も来ないだろう。夜明けまでまだ間がある。ジークハルトが戻ってきたら、眠る場所を確保してもらえ」

クリスヴァルトはそう言い置いて、あっさり背中を向ける。

「あ、あの……天音は？　天音は無事ですか？」

「もちろんだ。アマネは我が伴侶となる大切な存在。最強の騎士たちに守らせている。おまえの警護はジークハルトに任せたが、あれには全体の指揮を執《と》るという役目もある」

「それで、クリスヴァルト様が俺のところへ？」

「様子を見にきたのは、おまえを守るとアマネに約束したからだ。おまえに万一のことがあれば、アマネに申し訳が立たない」

「あ、の……」

奏矢はなおも懸命に手を伸ばした。

しかしエルフの王は二度と振り返ることなく歩み去ってしまう。

命を助けられたのはこれで二度目だった。なのに、また御礼を言い損ねてしまったのだ。

クリスヴァルトはこのあと天音の元に戻るのだろう。

そう思うと、何故だか胸の奥が苦しくなった。

4

水晶宮へ向けての旅は、その後も続いた。

しかし、のんびりとした旅行気分でいられたのは、あの夜までで、その後は度々魔物の襲撃を受けるようになっていた。

大抵は十匹以下の数で、エルフ族やジークハルトが出るまでもなく、人間族の手で瞬く間に退治され、奏矢が魔物の姿を見ることさえなかった。しかし、頻繁になる一方の襲撃で、寝不足の日が続き、疲労が蓄積しつつあった。

もう一つ、奏矢を悩ませていたのは、恐ろしい夢のことだった。熟睡できなくなった原因は、むしろこちらのほうが大きかっただろう。

それに、いつやったのか覚えはないが、身体をあちこちにぶつけたらしく、胸や腕、足にも青黒い痣《あざ》ができて、時折じくじくと鬱陶《うっとう》しい痛みに襲われている。

隊の仲間内では、再び奏矢に対する批難の声も高まっていた。

闇の申し子たる奏矢が、魔物を呼び寄せているのではないかと恐れているのだ。

これだけ頻繁に襲撃を受けているのだから、それも仕方のない話だった。

「奏矢、昨日も眠れなかったの？」

出発前に、天音が心配そうに声をかけてくる。

奏矢は無理に笑みをつくったが、双子の弟の目は誤魔化《ごまか》せない。

「なんか、熟睡できなかった。でも、平気さ。荷馬車の中で足りない分の睡眠取るから」

「まだこの先もあるから、なるべく身体を休めて」

「うん、俺なら大丈夫。天音も気をつけろよ？　ちゃんと王様に守ってもらえよ？」

奏矢はそう言って天音に手を振った。

自分の荷馬車のほうへ足を向けた時、ちらりとクリスヴァルトの姿が目に入る。

エルフの騎士たちを従えた王は、じっと天音に目を向けていて、奏矢には気づかない。

そんな光景には慣れっこのはずなのに、いちいち胸が痛くなって、奏矢は自分自身も持て余し気味だった。

本当は命を助けてもらった御礼を言わなければと思っているのに、それさえまだ実行できていない。

奏矢はため息を一つついて、後方へと歩き出した。

ところが、その時いきなり目眩《めまい》に襲われる。視界が霞《かす》み、胸と腕、足にある痣が、何故か急に激しく痛み出した。身体中にまったく力が入らず、立っているのも困難になる。

「あぁ……」

だが、地面に倒れる寸前で、とっさに奏矢を抱き留めたのは、クリスヴァルトだった。

「奏矢！　奏矢！」

必死に天音が呼ぶ声もするが、答えることができなかった。

「く……うぅっ」

呻き声を漏らすと、クリスヴァルトは軽々と奏矢を抱き上げる。

「寝台を。それと、誰かアマネをあちらに連れていけ」

王の命令に、すぐさま簡易ベッドが用意され、奏矢はそこに寝かされた。

天音は騎士たちの手で遠くに連れていかれたらしく、声がしなくなる。代わりに医者が呼ばれ、奏矢の様子を覗き込んだ。

「これは……」

「どうだ？」

「陛下、これは普通の病ではありません。服を脱がせてみよ」

医者の声で、ベストとシャツのボタンが外され、胸《む》を剝き出しにされた。陽の当たる明るい場所だというのに、ズボンまで脱がされて、シャツの袖も捲られる。

けれども奏矢には、それを恥ずかしく思っている余裕はなかった。

「この痕《あと》は……」

呻くような声を出したのはクリスヴァルトだ。

「や、やはり……この者、トラウゴットの……」

肝心の医者の声はそれきりでしなくなった。

奏矢は不安に駆られ、忙しなく胸を上下させた。素肌に触れたペンダントが、ずっしりと重く感じられる。

「ソウヤ、聞こえるか？」

クリスヴァルトに訊かれ、奏矢は辛うじて首を縦に振った。

「この痣はいつできた？」

「………っ」

答えようと思っても、声が出ない。口をぱくぱくさせていると、再びクリスヴァルトが問いを発した。

「この痣、最初からあったのか？」

厳しい声に、奏矢は首を左右に振る。

「もしかして、あの大襲撃の夜からか？」

今度の問いには、首を縦に振った。

「何故、今までこの痣のことを言わなかった？」

そんなことを訊かれても、どう答えていいかわからない。

クリスヴァルトも、これ以上の追及は無理だと思ったらしく、代わりに着衣の乱れを直された。

それからしばらくの間、奏矢のまわりでは騒がしさが続いていた。

出発の準備が進められているのか、馬車に荷を積み込む音がする。それでも、王はじっと奏矢のそばから動かなかった。

「用意が整いました。この者はいかがいたしますか？」

エルヴィンに声をかけられて、クリスヴァルトがゆっくり立ち上がる気配がする。

「皆は、予定どおり出発せよ。この者は私が連れていく」

驚くべきことを言い出した王に、すかさず反対の声が上がった。

「陛下、無茶をなさってはなりません。この者にトラウゴットの闇の手が迫っているのは明白です。いくらクリスヴァルト様に強大なお力があろうと、無事ではすまなくなるかもしれません」

「エルヴィン卿、そなたの心配はもっともなことだ。しかし、この者を闇から救えるのは、私しかいない」

「王よ、しかし……」

「クリスヴァルト様、どうか」

「陛下、危険なことは、どうかおやめください」

口々に上がる声は、側近たちのものだった。

けれどもクリスヴァルトは彼らの進言を無視して、奏矢に手を伸ばした。

「そなたたちの忠告はありがたいが、決めたことを変える気はない。ソウヤは私が馬で連れていく。エルヴィン卿、フロリアン卿、アロイス卿、そなたたちは、これまで以上に注意してディーバを守れ。ジークハルトも今後はアマネの警護に加われ。私はこの者と一緒に、少し離れて隊についていく。私のことは気にせず、そなたたちは、隊列を進めることだけに集中しろ。よいな?」

奏矢は目を閉じたままで、クリスヴァルトの命令を聞いていた。

王を一人で行かせることはできない。しかも闇に侵された者と一緒になど、してはおけない。

誰かがそう喚き出すかと思っていたが、結果は違った。

「御意」

「それでは、お気をつけて」

側近たちはそう言って、あっさり離れていったのだ。

王の言葉がよほど重く受け取られるのか、それとも王の力量をよほど信頼しているのか。

だがそんなことを考えているうちに、クリスヴァルトの手で横抱きにされ、奏矢はさらに驚愕することになってしまった。

「苦しいだろうが我慢しろ。おまえの身体に浮かんだ痣は、トラウゴットの〝闇の印〟だ。しかし、光のエルフの王たる私なら、この印の進行を遅くすることができる。聞こえているな、ソウヤ？」

奏矢は小さく頷いた。

クリスヴァルトは力強く歩を進めながら、再び口を開く。

「安心するがいい。おまえを一緒に連れていく。アマネとそう約束した。だから、何があっても、その約束は守る」

奏矢は涙を滲ませた。

クリスヴァルトは奏矢自身を心配してくれているわけではない。それでも、皆に嫌われ、危険だと恐れられている自分を、こうして抱いて連れていってくれる。

それがすべて天音のためだとわかっていても、胸が震えるほど嬉しかった。

それに、クリスヴァルトに抱かれていると、激しかった痛みも薄れてくる。

不思議なことに、馬の背に乗せられた時には、奏矢はなんとか目を開けられるところまで快復していたのだ。

†

「おかしな森を見ました。最初の時……幹が七色で、変な動物がいて、虫を食べる花も咲いてた……」

深夜近く、野営用のテントの中で、奏矢は細い声で呟いた。

「まさか、おまえはあの森に入ったのか？　あれは〝闇の気〟に侵された森だ。人間族の国には多く存在する。あの場所は国境に近かったからな」

答えたのはエルフ王クリスヴァルトの声だ。

「黒い霧の中に白い顔があって、すごく怖かった」

「それこそがトラウゴットだったかもしれない」

「黒い霧が腕みたいに伸びてきて、必死に逃げ出したんです」

「その霧に触れていたら、トラウゴットは即座におまえを闇に取り込んでいただろう」

「そうか……俺は間一髪で逃げ出せたんだ」

「もう、いい加減寝ろ。明日も旅が続く」

「はい」

優しく命じられ、奏矢は静かに目を閉じた。

信じられないことに、奏矢はクリスヴァルトに抱かれた状態で、褥《しとね》に身を横たえている。

奏矢は長袖のシャツ一枚という格好だったが、クリスヴァルトは白地のゆったりしたガウンをまとい、紺色のきれいなベルトで結んでいる。銀色の髪が逞しい肩から胸へと流れ落ち、奏矢の頬にも触れていた。

隊が露営する場所から少し距離を取って、テントが立てられている。あの日以来、三日が経つが、奏矢はずっとクリスヴァルトと一緒だった。

ジークハルトと使っていたものは奏矢が辛うじて立てる程度の高さだったが、王のテントはさすがに豪華だ。高さは二倍、そしてスペースは十倍ほどあって、中にも美しい模様の敷物が敷きつめられている。床の三分の一を占めるのは大きな寝台だ。三十センチほどの高さで、ふかふかした羽毛の寝具とクッションがいくつも置かれていた。

しかし、昼間は一緒に馬に乗って進み、夜間はこの豪華なテントで一緒に休むようになっても、奏矢を蝕《むしば》む影は消えてはくれなかった。

そのためクリスヴァルトは常に奏矢の身体のどこかに触れている状態だ。それで激しい痛みが緩和される。

だが、それでも奏矢は朦朧《もうろう》としていることが多く、先ほどから他愛ない話をしていたのも、そのせいだった。そうじゃなければ、こんなに気軽にエルフの王と口をきくことなどできなかっただろう。

しかし、抱かれて馬に乗っている時や、意識を保っている間はいいが、完全に眠りが訪れると、また闇に侵される夢に悩まされることになる。

クリスヴァルトといえども、奏矢に迫る〝闇の気〟を完全に払うことはできなかったのだ。

眠りの世界に落ちたと同時に、また闇が手を伸ばしてくる。

――何をしている？　おまえの居場所はそこではない。こっちへ来い。光のエルフの王などにかかわるな。早くこっちへ来い……。

「うぅ……」

奏矢は必死に首を左右に振った。

暗闇から伸びる触手が身体中を覆い、雁字搦《がんじがら》めになっている。どんなに足掻こうと、ぐにゅりぐにゅりといやらしく蠢《うごめ》く触手からは逃げられなかった。

——もう少しだ。もう少しでおまえは我がものとなる。抗うな。早くこっちへ来い。

「うぅ……く、っうぅ」

奏矢は呻き声を上げつつ、懸命に闇と戦った。

身体に押された刻印が激しく痛む。そこが焼けつきそうなほど熱くなって、身体中の神経がおかしくなった。

「ソウヤ、しっかりしろ。ソウヤ……」

遠くで自分の名前を呼ぶ誰かの声がする。

助けて……助けて……天音……クリスヴァルト様……っ！

奏矢は発熱した身体で懸命に助けを求めた。

「ソウヤ、しっかりするんだ。……〝闇の気〟が濃くなっている。普通の方法ではこれが限界か。もはや押さえきれぬな」

耳元でかすかに聞こえるのはクリスヴァルトの声だろうか。

助けて……クリスヴァルト様……苦しい……。

奏矢は藁《わら》にも縋る思いでエルフの王に手を伸ばした。

「ソウヤ、起きろ。目を覚ませ。このままでは闇に引きずり込まれてしまう。起きるんだ」

誰かに激しく身体を揺らされて、奏矢は辛うじて重いまぶたを開けた。

霞《かす》む視界の中に、王の美貌が飛び込んでくる。

青紫の澄みきった目に、溺《おぼ》れてしまいそうになり、奏矢はようやく意識を取り戻した。

「……クリス……ヴァルト……様？」

「そうだ。私だ。しっかりしろ、ソウヤ」

クリスヴァルトは奏矢を抱き起こし、なおも揺さぶっている。

白い掌を額に当てられると、ひんやりとして気持ちがよかった。全身を斬り裂くような痛みも少しはやわらぐ。

半身を起こした奏矢はクリスヴァルトの胸に背中を預け、ほっと一つ息をついた。

そうして痛みに耐え、途切れ途切れに訊ねる。

「クリスヴァルト……様……、俺……どうなっちゃうん、ですか？」

「心配するな。おまえは私が守る」

「……でも……」

「一緒に連れていく。私はアマネにもおまえ自身にもそう約したはずだ。光のエルフは一度交わした約束を絶対に違えない。それが我が種族の掟《おきて》だ。ゆえに、私を信じていればいい」

いつもどおりに、あまり感情のこもらない声だった。

それでもクリスヴァルトの言葉は信じられる。そして、彼の言葉だけが、今の奏矢にとって唯一の救いだった。

「クリスヴァルト……様」

奏矢は必死に努力して微笑んだ。

するとクリスヴァルトの瞳にも、珍しく優しげな光が射す。

「ソウヤ、約束しよう。おまえのことは私が守る。しかし、今のままではおまえの中で広がる闇を食い止められない。こうしておまえを抱きしめているだけでは、進行を遅らせるのがせいぜいだ。今以上に闇が広がれば、おまえの魂は救えても、その前に身体が引き裂かれてしまうかもしれない」

「そんな……」

「可哀想だが気休めは言うまい。おまえの身体に刻み込まれた闇の模様が、徐々に一つになろうとしている。胸と腕とはすでに繋がってしまった。この先下半身にあるものが繋がれば、もう手の施しようがなくなる」

優しく宥めるような言い方だが、話の内容には希望が少しもなかった。

身体にある〝闇の印〟のことは、奏矢自身が一番よくわかっていた。真っ黒な部分が広がり、今では肌の三分の一以上を覆っているという有様だ。しかも、それはただの痣ではなく、悪魔そっくりの顔になりつつあった。

「俺……死んじゃうんですか？」

不安で不安でたまらず、奏矢の声は震えた。

「いいや、死にはしない。私が触れていれば、魂は闇に落ちない。しかし、自我を保っていることは不可能になるだろう」

「俺、怪物みたいになって、天音のことも、わからなくなる？　そういうことですか？」

「ああ、そうだ。残念ながら、おまえの推測は正しい」

クリスヴァルトはへたな慰めは口にしない。包み隠さず今の状況を教えられ、かえって奏矢は落ち着いた。

今さらパニックに陥ったところで、最悪の結果が変わるわけじゃない。

ただ一つ、血を分けた天音のことだけが気がかりだった。

もしクリスヴァルトの言うように、自我が崩壊してしまったら、天音は見知らぬ異世界で独りぼっちになってしまう。

いくらクリスヴァルトがそばにいても、奏矢という片割れを失えば、天音は孤独感に苛《さいな》まれることになる。

「天音が……可哀想だな……俺がおかしくなってしまったら、天音は絶対に泣くから」

ぽつりと呟くと、クリスヴァルトはふっと息をついた。

「おまえは兄弟思いなのだな」

しみじみとした口調で言ったクリスヴァルトは、何故かやわらかく微笑んだ。

奏矢は下からその微笑を眺め、目を細めた。

心臓がドキドキと高鳴っているのは、苦しいからではない。

クリスヴァルトがやっと自分にも微笑みかけてくれたのだ。だから、思わず涙ぐんでしまいそうなほど嬉しかった。

「俺が駄目になっても、天音を守ってくれますね？」

「ああ、それは大丈夫だ。しかし、おまえが闇にのまれてしまったとしたら、天音は悲しむだろう」

「俺も……それだけが心配だ。俺が駄目になったら、天音は……」

奏矢はくっと唇を嚙みしめた。

優しくされて喜んでいたけれど、天音のことを思うとやはり気持ちが沈む。

自分の手で絶対に守ると決めていたのにこんな有様になってしまい、情けなくてたまらなかった。

「ソウヤ、アマネのためにも、おまえをこのままにはしておけない。そこで一つ提案があるのだが……」

「……提案、ですか？」

「そうだ」

クリスヴァルトは短く答え、それから何かを考え込むように言葉を切った。

顔を上げじっと見つめていると、クリスヴァルトの手が後ろからまわって、身体の向きを変えられた。

寝台の上でだらしなく下肢を投げ出しているのは変わらないが、クリスヴァルトの両腕でしっかり支えられ、正面を向かされたのだ。

「ソウヤ、おまえの中の闇を払う方法が一つだけある」

「え？」

「だが、この方法はおまえの意に沿わないかもしれない。だから、おまえに問う。私に抱かれても悔いはないか？」

「！」

奏矢は呆然と目を見開いた。

いくらなんでも聞き違いだろう。

――抱かれても悔いはないか？

クリスヴァルトは本当にそう言ったのだろうか？

そもそも自分を抱くって、どういう意味だろう？

漠然と浮かんだ疑問に答えたのは、クリスヴァルト自身だった。

「おまえを抱くとは、おまえと身体を繋げるという意味だ」

「そんな……っ」

はっきりと告げられ、奏矢は返す言葉を失った。

「おまえを抱けば、おまえの身体に直接私の持つ光を移せる。エルフ族の頂点に立つ私の光は、おまえの中に巣くう闇を追い払うだけの力がある」

クリスヴァルトは珍しく熱心な口調で言ってくる。

心臓が早鐘のように鳴り出した。

クリスヴァルトは本気で自分を抱くつもりなのだろうか。

けれども奏矢にはまだ信じられなかった。

天音はどうする気だろうか？　クリスヴァルトは天音を伴侶にすると公言している。エルフが真義を大切にするなら、これは完全に裏切り行為だ。

「お、俺は……っ、あ、天音は？　あ、あなたは天音と……っ」

奏矢は懸命に言葉を絞り出した。

それでもクリスヴァルトの深い眼差しに揺らぎは見えない。

「天音のことなら心配するな。今は非常時だ。ゆえに自分のことだけを考えろ。おまえにはもうあまり時間が残されていない。すまないが、私とて万能ではない。痛みはなんとかやわらげてやれるだろうが、他にはおまえを繋ぎ留めておくすべがないのだ」

「だ、だって、俺なんかを……抱いたら、あ、あなたまで穢れてしまうかもしれない……っ」

「ソウヤ、今は私のことなどどうでもいい。おまえの苦しみを消してやれる唯一の方法だ。力を抜いて、私に身を委《ゆだ》ねるだけでいい。何も考えず、じっと目を閉じていればいい。それで、もうおまえは苦しまずにすむ」

クリスヴァルトの声があまりにも優しくて、奏矢はどっと涙を溢《あふ》れさせた。

何も考えなくていいなら、この人に縋りたい。夜な夜な苦しめられている悪夢からも、解放されるのだ。

何よりも、自分はこの人のことが好きだ。

最初はなんて冷たい人だと思った。天音にだけ優しくて、恨みたくなったこともある。それでもクリスヴァルトは、自分を公正に扱うように努力してくれた。

それも天音に頼まれたからだろうけれど、今だって光のエルフの王という最高位にありながら、闇に侵された奏矢のために手を差し伸べてくれているのだ。

許されるなら、何もかもこの人に預けてしまいたい。

底のない闇から救い出してくれると言うなら、全霊で縋りつきたかった。

「……お、俺……っ」

奏矢は嗚咽《おえつ》を上げながら懸命にクリスヴァルトの腕をつかんだ。

それだけですべてを察したように、この世のものとも思えない美貌が近づいてくる。

「あ……ん」

唇が合わさった瞬間、奏矢は思わず目を閉じた。

やわらかく押しつけられたものの甘さに、あとはもう何も考えられなくなってしまう。

口づけが深くなり、舌先が触れ合った。思わぬ感触にびくりとなると、さらに深く口づけられる。

「んっ、……んぅ」

大きく喘《あえ》いだせつな、クリスヴァルトの舌がするりと口中に滑り込んできた。

大きな手が奏矢の頬を包み込み、角度が変わってさらに深く口づけられる。

舌がいやらしく絡められると、何故だか身体中が熱く痺《しび》れるようだった。

クリスヴァルトの手で、奏矢はそっと褥に横たえられた。

「あ……」

シャツのボタンを外され、そっと胸をはだけられ、奏矢はあえかな吐息を漏らした。

「ここを触ると、痛いか?」

クリヴァルトが掌を当てているのは、闇の刻印がもっとも濃く浮き出ているあたりだ。

心臓を中心に、広範囲に広がった刻印を、クリスヴァルトは優しく撫でている。

「痛く、ない……です。クリスヴァルト様に触ってもらうと、気持ちいい」

奏矢が素直な感想を漏らすと、クリスヴァルトは苦笑する。

いつもとは違って、こんなふうに表情を変えてみせるのは、少しでも親しみを感じてくれているからだろうか。

ぼんやりそんなことを考えていた奏矢は、次の瞬間、びくりと身体を震わせた。

「あ……っ」

クリスヴァルトの手が乳首の先端を掠め、痺れるような刺激が駆け抜ける。

思わず目を見開くと、クリスヴァルトはもう片方の手を額に当てる。

「怖いのか？」

宥めるように乱れた前髪を梳《す》き上げられて、奏矢は詰めていた息をほうっと吐き出した。

「怖く……ありません。ちょっと驚いただけで」

「そうか。それならいい。おまえは慣れていないのだろう。人と愛し合うのは初めてか？」

「……っ」

あまりにもストレートな問いに、奏矢はいっぺんに頬を赤くした。

高二で経験なしなのは、何も自分に限ったことではないけれど、初体験の相手が男性というのは珍しいかもしれない。

だが、クリスヴァルトは奏矢の答えなど待たずに、愛撫を始める。

左の乳首をきゅっと摘《つま》まれて、奏矢は再び息をのんだ。

「あ……くっ」

乳首なんて普段は意識したことさえないのに、右までちりちりと過敏になった気がする。そのうえクリスヴァルトは、なんの躊躇いもなく、そこに唇をつけてきたのだ。

濡れた感触がやけに生々しく、またびくりと震えてしまう。

クリスヴァルトは清廉で近づきがたい印象があった。それなのに、こんなに淫《みだ》らな動きをするなんて、信じられない。

クリスヴァルトは胸の尖りをちゅっと吸い上げる。

「あ、ああっ」

思わず高い喘ぎ声が出てしまい、奏矢は恥ずかしさで真っ赤になった。

これは恋人同士がするセックスではなく、治療と同じだ。それで感じてしまうなど、自分の淫らさが許せない。

けれどもクリスヴァルトは的確に奏矢の熱を煽《あお》ってくる。指と舌で左右の乳首を交互に弄《いじ》られているだけで、自然と身体が熱くなってしまう。

「やあ……っ」

奏矢は必死に下肢《かし》をくねらせた。

下着はつけているけれどズボンは穿いていない。素足が剝き出しで、局部は乱れたシャツの裾で辛うじて隠されているだけだ。

でも、乳首を弄られているだけで、そこに血液が集中してしまう。

むくりと頭をもたげたことを感じ取り、奏矢は羞恥で死にそうな気分になった。

「や……っ」

我慢できず、ひときわ強く腰をよじると、クリスヴァルトがようやく顔を上げる。

青紫の目で上からじっと見つめられ、奏矢は羞恥に耐えられずふいっと視線をそらした。

「ソウヤ……どうしてもいやか？」

クリスヴァルトの深い声に、奏矢ははっとなった。

再び視線を戻して、真摯に青紫の双眸を見つめ返す。

私情にとらわれている場合ではないのだ。それにクリスヴァルトだって、好きでこうしているわけじゃない。

「ご、ごめんなさい。お、俺……っ、は、恥ずかしかっただけで……い、いやとかじゃないから……っ」

喘ぐように訴えると、クリスヴァルトがふわりとした笑みを浮かべる。

滅多に笑わないはずなのに、今日のクリスヴァルトは本当におかしい。

「それなら、行為を続けよう」

ロマンチックとは言えない言葉だけれど、真剣であることはわかる。

奏矢がこくりと頷くと、エルフの王はそっと顔を伏せてきた。

宥めるように頬にキスされて、またドキリとなっている隙に、今度は下肢を探られる。

「あっ！」

いきなり中心に手を置かれ、奏矢は思わず高い声を放った。

昂ぶっていたことを知られてしまった。ひどい羞恥で泣きそうになってしまう。

「ソウヤ、楽にしていなさい。無理なことはしない。優しくしよう」

「あ……クリスヴァルト、様……っ」

クリスヴァルトは怯えを見せるたびに、優しく宥めるように肌を撫でる。

刻印が浮かぶ部分には特に丁寧に、舌まで這《は》わされて、奏矢は申し訳なさでいっぱいになった。

チリチリと痛んでいた黒い痣が、クリスヴァルトに舐《な》められ、燃えるように熱くなる。でも、いやな熱さではなく、むしろ気持ちがよくなって困った。

「あ、やだ……っ」

そのうち下着を下ろされ、張りつめたものが外に顔を出す。

思わず腰をくねらせたけれど、クリスヴァルトは素早く熱くなった中心をつかんだ。

「ソウヤ、我慢しなくていい」

「ああっ、や……うぅ」

クリスヴァルトは形のいい手で中心を包み、優しく駆り立ててくる。

直接受ける愛撫は耐えがたかった。自ら行う時とは格段に快感の度合いが違う。しかもクリスヴァルトは少し上体を起こし、あの青紫の瞳で、奏矢の変化をくまなく観察している。これ以上ないほど恥ずかしくて、奏矢は涙を滲ませた。

「ソウヤ、気持ちがいいか？」

いくぶん掠れた声で訊ねられ、奏矢は羞恥を堪えて頷いた。

意地を張る余裕はまったくない。

クリスヴァルトの手で擦られただけで、先端の窪《くぼ》みに蜜が溜《た》まり、今にもすべてを噴き上げてしまいそうになる。

「あ、……んんぅ」

半開きの口からは、ひっきりなしに甘い喘ぎがこぼれた。

「可哀想に……。きれいな肌なのに、こんなにされて……」

クリスヴァルトはそう囁きながら、刻印に舌を這わせてくる。

「ご、ごめんなさい……穢れてるのに……、ご、ごめんなさい」

クリスヴァルトは光のエルフの王。アルフヘイムの世界でもっとも気高く高貴な存在だ。それなのに穢れた自分を清めるために、こんな行為までしてくれている。

「ソウヤ、泣かなくていい。ただ、私の愛撫だけを感じていればいい。おまえは何も悪くない。悪いのは、おまえをこんなにした闇の魔道士だ。だが、トラウゴットはいつか必ず私が倒す。だから、おまえは何も心配しなくていい」

「クリスヴァルト……様……」

優しい言葉に奏矢が涙を溢れさせると、クリスヴァルトはそれも舌先で舐め取ってくれる。

そうしている間にも、中心が掻き立てられて、今にも弾《はじ》けてしまいそうになった。

「やっ、もう……もう、放して……っ」

奏矢は懸命にクリスヴァルトの腕をつかんだ。

それでも愛撫の手は止まらない。

「我慢しなくていい。ソウヤ、気持ちがよければそのまま極めればいい」

優しくそそのかす言葉と一緒に、いちだんと強く根元から擦り上げられる。

「ああ、……あ、く……うぅ」

奏矢はあっさり限界を超えた。

どくりと欲望が噴き上げ、クリスヴァルトの手を濡らす。

「可愛い顔をする」

ぽつりと呟かれ、奏矢はまた新たな涙をこぼした。

けれども、必死に息を継いでいると、今度はあらぬ場所に触れられる。

「あっ」

クリスヴァルトの濡れた手が、するりと後ろに滑っていったのだ。

「足を少し上げなさい」

「やっ、そんな……」

奏矢は慌てて首を左右に振った。

でも、クリスヴァルトに片足をつかまれ、折り曲げさせられてしまう。秘めた場所があらわにされ、恥ずかしい谷間を指でなぞられた。

「ああっ」

「固く閉じているな。丁寧に濡《ぬ》らさないと、傷つけてしまう」

何度も試すように指でなぞられて、奏矢の羞恥は頂点に達した。

男同士で愛し合う時はその場所で繋がる。

それぐらいの知識は持っていたが、いざ自分で体験するとなると、どうしても緊張する。

「力を抜いていろ。……そう言っても駄目か」

全身を強ばらせた奏矢に、クリスヴァルトはさらに思いがけない動きをみせた。

奏矢の腰をつかんで褥から浮かせたうえで、両足も大きく開かせたのだ。

「あっ」

その間に、銀色の頭が近づき、奏矢は息をのんだ。

次の瞬間、恥ずかしい窄《すぼ》まりに、クリスヴァルトの濡れた舌が貼りつき、そろりそろりと様子を窺うように舐められる。

「やっ、ああ、ぅ……ううっ」

死ぬほどの羞恥にとらわれるが、奏矢には止めるすべがなかった。

クリスヴァルトは時折前にも手を回して刺激を与えてくる。そうして奏矢の怯えをやわらげながら後孔を溶かしていった。

「ああっ、……や、あ……っ」

中まで舌を入れられて、奏矢は思わず仰《の》け反《ぞ》った。

それでもクリスヴァルトの愛撫はやまず、唾液で濡らされた中に長い指も入れられた。

クリスヴァルトの愛撫は巧みで、決して無理なことはしない。ゆるゆると中をほぐされるうち、奏矢は明らかに快感を覚えるようになっていた。

指が内壁の一点を掠めると、どうしようもなく感じてしまう。

「ああっ、やだ、そこ……ああっ」

「ここが気持ちいいか？」

反応を示すと、さらにそこばかり集中して弄られる。

「やっ、ああ……っ」

指も二本、三本と増やされて、奏矢はもう息も絶え絶えになっていた。

狭い場所を無理やり掻き回されているのに、気持ちがいい。身体が熱くなるのを止められなかった。

そうして頭まで真っ白になりかけた時、ようやく指を引き抜かれる。

「ソウヤ、おまえと一つになろう。いいな？」

クリスヴァルトは奏矢の耳に優しい囁きを落とす。

「んっ……」

朦朧としていた奏矢は、弱々しく微笑んだ。

それと同時に、クリスヴァルトの美しさに陶然となる。

エルフの王はまだガウンをまとったままだ。光沢のある白い生地には素晴らしい地模様が織り込まれていた。銀の髪が肩から滑り、奏矢の胸に触れている。

精緻《せいち》な顔に、吸い込まれてしまいそうな青紫の瞳。尖った耳の根元につけた銀の飾りが、きらりと反射して、クリスヴァルトはそっとガウンの裾をはだけた。

そうして、とろとろに蕩《とろ》かされた蕾《つぼみ》に、熱く滾《たぎ》ったものが擦りつけられる。

「あ……っ」

思わず息をのんだ瞬間、ぐいっと狭い場所が割り広げられた。

「……うう……く、うぅ」

逞しいクリスヴァルトは少しずつ奥まで進んでくる。

「大丈夫だ、ソウヤ。傷つけたりしない。だから力を抜いていろ」

身を硬くするたびに、優しく宥められるが、狭い場所は容赦なく開かれる。

「あ……あぁ……」

長い時間をかけて、クリスヴァルトはすべてを奏矢の中に収めた。狭い場所がみっしりと巨大なもので満たされている。

「よく頑張ったな、ソウヤ」

汗で額に貼りついた前髪を払われ、奏矢は潤んだ目を開けた。

青紫の瞳が真っ直ぐに自分を見つめている。

「クリスヴァルト……様？」

「そうだ。おまえの中にいるのは私だ。悪《あ》しきものはすべて私が取り除いてやろう」

クリスヴァルトはそう言って、静かに動き出した。

「ああ……っ」

奥まで届かせたものをゆっくり引き抜かれ、それをまた最奥まで押し戻される。

熱く蕩けた壁を硬いもので擦られるのは、たまらなかった。

それでも、何度も同じ動きをくり返されるたびに、徐々に快感が芽生えてくる。

「ソウヤ、おまえは可愛い……私はおまえを……」

「ああっ」

クリスヴァルトの呟きは、自身が上げた嬌声《きょうせい》で最後まで聞こえなかった。

身体の奥を揺さぶられるたびに、頭が真っ白になっていく。

奏矢は懸命に、クリスヴァルトにしがみついた。

そうしていないと本当に、悦楽の大波に溺れてしまいそうだった。

何度も抜き挿しをくり返し、その動きがさらに激しくなる。

「ああっ、く、ふっ……あぁっ」

一度達したはずなのに、また身体の奥から欲望が迫《せ》り上がってくる。

張りつめたものが、クリスヴァルトと自分の腹の間で擦れ、今にも噴き上げてしまいそうになった。

「さあ、ソウヤ。おまえの中にすべてを放つぞ」

「あ、……んんっ」

いちだんと激しくなった動きに、奏矢はクリスヴァルトにしがみついているだけだった。

ひときわ大きく最奥を抉《えぐ》られた瞬間、どくっと熱い飛沫《しぶき》を叩きつけられる。

「あ、……ふ……ぅ」

奏矢はがくっと仰け反ったが、クリスヴァルトにさらに腰を引きつけられて、すべての熱を注ぎ込まれた。

「ソウヤ……」

「……く、うぅ」

奏矢は全身を震わせた。

最奥にいやというほど熱い迸《ほとばし》りを受け、そこから、目には見えない光のようなものが広がっていく。

今まで自分を縛りつけていた闇が、徐々に溶け崩れていくようだ。

そうして奏矢は心からの安堵とともに、意識を手放した。

†

翌朝のこと、奏矢はクリスヴァルトに伴われて元の隊列に戻った。

身体に負担をかけないようにと、王はゆったり葦毛の愛馬を進め、昼の休憩の時に、先に出発していた隊列と合流したのだ。

天音の馬車のそばまで行ったクリスヴァルトは、優雅に馬の背から飛び下りて、そのあと奏矢を抱いて地面に立たせる。

それを見かけた天音は、馬車から転げるように飛び出してきた。

「奏矢！　……あっ」

無意識に抱きついてこようとしたが、その寸前で動きを止める。

「天音……ええと、元気だった？」

奏矢はなんとなく後ろめたさに襲われながら、ぎこちない笑みを向けた。

天音に本当のことは話せない。隠し事をするのは生まれて初めてで、なんとも居心地の悪い気分だった。〝闇の気〟を払うために仕方なかったとはいえ、クリスヴァルトの伴侶になるのは天音だ。なのに自分は、大切な兄弟を裏切ってしまったも同然だった。

「ぼくは平気だけど、奏矢は？　あの変な痣が痛んだりしないの？」

「うん……もう大丈夫、だから……。ええと、その……、あの黒い痣は、クリス、ヴァルト様が、消してくれたんだ」

奏矢は途切れ途切れに答えながら、頰に血が上っていくのを自覚した。

クリスヴァルトに抱かれたことで〝闇の気〟が消えた。クリスヴァルトによれば、もう奏矢を覆っていた黒い靄《もや》も見えないとのことだ。でも、詳しく説明するとなると、王との関係がばれてしまうかもしれない。

「ほんとに？　ほんとに大丈夫になったの？」

唇を震わせた天音は、はらはらと涙をこぼす。

「ごめん、天音。心配させて……痣はもう残ってないから」

片割れの涙を見て、奏矢も胸が震えた。

天音は今日もきらきらの格好だ。それでも、いくぶん顔が青ざめているのは、本気で自分のことを心配していたせいだろう。

なのに奏矢は自分のことばかり考えていた。罪悪感でさらに胸が痛くなる。

「それじゃ、〝闇の気〟とかはどうなったのですか？」

天音は曖昧なことしか言えない奏矢ではなく、わざわざクリスヴァルトを振り返って確かめる。

「それも今はもう見えない」

「えっ、ほんとですか？」

重ねた天音に、クリスヴァルトはゆっくり頷いた。

「じゃ、これからは奏矢の近くにいても平気ですか？　〝闇の気〟が消えたのなら、奏矢も一緒に行けるんですよね？」

「ああ、今のところ問題はない」

クリスヴァルトの答えに、天音はしばし呆然としたように立ち尽くしていた。だが、そのあと奏矢に向き直り、いきなりぎゅっと抱きついてくる。

「奏矢……よかった……っ」

しがみついてきた天音は、懸命に嗚咽を堪えている。

奏矢はそんな天音をしっかりと抱きしめ返した。

つらい時はいつだって、二人で助け合って乗り越えてきた。両親を喪って、二人きりになった時も、互いの存在があったからこそなんとか悲しみを受け入れられたのだ。

〝闇の気〟に取り憑かれたせいで、誰からも嫌悪され、自分一人がつらい目に遭っていると思っていた。恨む気持ちなんて露《つゆ》ほどもなかったけれど、どこかで天音を羨《うらや》ましいと思っていた。

だけど、異世界で心細い思いをしていたのは天音も同じだ。いくらちやほやされていても、本当の意味で頼りになるのは血を分けた奏矢だけだったのに。

「ごめんな、天音……ほんとにごめん。俺、兄貴なのに頼りなくて……」

「何言ってるの奏矢……ぼくのほうこそ、奏矢が苦しんでたのに、何もできなかった」

二人で抱き合って、さめざめ泣いた。

しばらくして、クリスヴァルトが声をかけてくる。

「二人とも、そろそろ出発だ」

奏矢はなんとなく恥ずかしくなり、慌てて天音から身体を離した。

「ねえ、奏矢も一緒の馬車で行けるんだよね？」

そう訊ねられ、奏矢は一瞬ためらった。

けれどもすぐに笑みをつくって天音に伝える。

「悪いけど、俺はまた荷馬車に乗せてもらうよ」

「えっ、なんで？　だってもう〝闇の気〟は払われたんでしょ？」

「うん、それはそうなんだけど、俺、荷馬車のほうが慣れてるからさ。クリスヴァルト様、それでもいいですよね？」

「ああ、かまわない。ジークハルトにそう言えばいい」

クリスヴァルトはあっさり許可をくれたが、天音はいくぶん不満そうな表情をする。

「奏矢は、あの獣人族の人と一緒のほうがいいの？」

「えっ？」

天音の意図するところがわからず、奏矢は首を傾げた。

「ご、ごめん」

天音は思わずといった感じで目をそらすが、いくぶん頬が染まっている。

「天音、どうかした？　俺、しばらくおまえのそば離れてたから、何もわからない」

「ごめん。ほんとになんでもないんだ。ただ、エルフの人たち、ぼくのことずっとお姫様みたいに扱うから……でも、ジーク、ハルトだけは違ってて……だから、ちょっと奏矢が羨ましかった」

自分のことだけで精一杯だった奏矢は、さらなる罪悪感に駆られた。

ドラゴンのディーバとして特別扱いにされ、天音はずっと気詰まりな思いをしていたのだろう。

クリスヴァルトが奏矢にかかりきりになっている間、ジークハルトも天音の警護に加わっていた。それで天音もエルフ族とは違う親しみを覚えていたのかもしれない。

「俺のほうこそ、ごめんな。おまえの状態を少しもわかってなくて」

「ううん、奏矢はちっとも悪くない。ぼくは大切にされてるから大丈夫。荷馬車に戻っても、食事はまた一緒にできるんだよね？」

表情を改めた天音に、奏矢はこくりと頷いた。

それで話が打ち切りになり、奏矢は隊列の後方へと向かいながら、ほうっと深いため息をついた。

ジークハルトのところへ行くと言った一番の理由は、逃げ出したかったからだ。

天音を大切に思う気持ちは偽りのないものだったけれど、クリスヴァルトと一緒にいるところは見ていたくなかった。

そして、こうしている間も、クリスヴァルトのことばかりが気になっている。

昨夜の彼は、信じられないくらいに優しかった。

でも、クリスヴァルトは天音を伴侶にする。二人が一緒のところを見ているのはつらすぎる。天音に対し、罪の意識を感じてしまうのもつらかった。

だが、奏矢はそこで何故かぎくりとなった。

あの行為は病巣を取り除く手術と同じだ。一回限りのことだと思えばいいだけだ。

なのに、どうしてこんなにも気持ちを乱されてしまうのだろうか……。

もしかして、自分はクリスヴァルトのことを……？

唐突に浮かんだ考えに、奏矢は強くかぶりを振った。

違う。違う。そんなはずはない！

一回抱かれたぐらいで、クリスヴァルトを好きになるなんてありえない。自分は恋する乙女じゃないいんだから！

けれども、いくら否定しても、胸のざわめきが収まらない。

奏矢はおかしな考えを振り払うべく、足早に後方を目指した。

そうして、荷馬車の用意を手伝っている獣人族の若者を見つけ、大きく手を振る。

「ジーク！　悪いけど、俺をまた荷馬車に乗せてって」

そう声をかけながら近づいていくと、ジークハルトは嬉しげに精悍な顔を綻《ほころ》ばせた。

「ソウヤ様、よくお戻りくださいました。これでアマネ様も安心なさるでしょう」

誠実なジークハルトはそう言っただけで、よけいなことはいっさい訊かなかった。

だから彼のそばにいる時は、奏矢も無防備でいられる。

それに双子だからという理由で自分を嫌悪することがなかったのも、この獣人族の若者だけだ。

天音が羨ましいと言ったのは、ジークハルトのこういう誠実な人柄に安心していたからかもしれない。

5

ドラゴンのディーバを守る隊列が、目指すエルフの王城に到着したのは、奏矢《そうや》が合流して三日後のことだった。

光のエルフの国のほぼ中心に位置する場所だ。

深い森を抜けると、陽の光をきらきら反射させた湖の畔《ほとり》に出る。その湖の向こうは小高い丘になっており、石を組み上げた橋が対岸まで渡してあった。

森と湖は環状に丘を取り囲んでおり、その全体を水晶宮《すいしょうきゅう》と呼んでいるらしい。

石造りの橋を渡ると、一面が小さな白い花で覆い尽くされた丘の裾野《すその》が広がっている。

甘い匂いが漂うなか、黄色や白、パステルグリーンの蝶《ちょう》がひらひらと楽しげに飛び回っていた。

そこからゆるい勾配《こうばい》を登っていくと、ようやく城門に達する。

「すごい!」

荷馬車から身を乗り出した奏矢は、我知らず感動の声を上げた。

驚いたことに、まるでクリスタルかガラスで造られているみたいに透明な城門だった。アーチの高さも半端なく、ざっと二十メートル以上はありそうだ。

材質はいったいなんだろう？

そんな素朴な疑問が頭に浮かぶ。

現代の科学技術を駆使するなら可能かもしれないが、このアルフヘイムの世界では電気だってなさそうなのに、どうやって建築したのか想像もつかなかった。

それとも、失われた魔道とかを駆使した結果なのか。

城門だけではなく、城の敷地をぐるりと囲む高い城壁も、すべてが透明で、陽射《ひざ》しを受けてきらきらと煌《きら》めいている。城のある丘全体が、まるでクリスタルのシャンデリアのように輝いていた。

丘の上にはひときわ美しく光を反射させている優美な宮殿が建っている。

あれこそが光のエルフ族の王、クリスヴァルトの居城なのだろう。

城門からその城まで、斜度を緩和するためか、渦を巻くように石畳の道がとおっていた。

沿道には大勢のエルフ族と人間族が王を出迎えるために集まっている。

エルフ族は例外なく整った顔立ちで、優美な装束に身を固めていた。それに比べ人間族のほうは、様々な外見をした者がいる。子供や老人、それに女たちも、背格好も着ているものもばらばらだ。

王を迎え熱烈な歓声を上げているのは、もっぱらその人間族だった。エルフ族は喜怒哀楽をはっきりとは表さない。その違いがこんなところにも出ているのだろう。

隊列は人々の歓迎を受けつつ市街地をゆっくり上っていき、いよいよ宮殿に到着する。再び透明な城壁が現れて、門前の広場にはさらに大勢の民が集まっていた。その歓喜の声を聞きながら、隊列は城へのアーチをくぐり抜けた。

「すごい……きれいだ」

奏矢はため息混じりの声を出した。

宮殿を構成する石材も、ほとんどが透明だ。水晶宮という名が示すとおり、すべてが水晶でできた宮殿なのだろう。

隊列が止まると、クリスヴァルトはひらりと馬から飛び下りた。そして天音《あまね》が馬車から降りるのに手を貸しながら静かに告げる。

「アマネ。ドラゴンのディーバ。そなたを我が居城に迎え入れられて嬉《うれ》しく思う」

クリスヴァルトにほっそりした手を預けた天音は、それこそ王の花嫁にでもなったかのように、可憐《かれん》で初々《ういうい》しく見えた。

奏矢は天音の手を取ったクリスヴァルトにも目をやって、そのあと慌ててまぶたを伏せる。最近の自分はどこかおかしい。二人が一緒にいるところを見ると、必ずといっていいほど胸が苦しくなる。

奏矢は強くかぶりを振って雑念を払った。

クリスヴァルトに抱かれたのは、闇を払うため。いつまでもそれを引きずっているのはよ

くない。

そして奏矢はなんでもない振りを装って、天音のそばまで歩いていった。

「奏矢、とうとう着いたね」

「うん。なんか、ものすごいところだね」

「ぼくもため息しか出なかった。クリスタルって案外もろいはずなのに、どうやって建ってるのか不思議……」

天音はいつもと変わりなく、やわらかな笑みを見せる。

ある朝、目覚めたら見知らぬ異世界だった。それから二十日余り。これで物語は結末に近づいたのだろうか。

「天音、俺たち、元の世界に帰れるよな？」

奏矢は今まで言わずにおこうと思っていた言葉を口にした。

「うん、きっと帰れるよ。そう信じてないと……」

「そうだな……二人で絶対に帰ろうな」

奏矢はたまらなくなって天音の肩を抱き寄せた。

「さあ、迎えの者たちが待っている。中へ入るぞ」

クリスヴァルトに促《うなが》され、奏矢と天音は並んで歩を進めた。

透明の巨大な扉を抜けて中に入った瞬間、奏矢は驚きで目を瞠《みは》った。

外からは見えなかったのに、広いホールには武官や従者、そして女官っぽいエルフたちが二手に分かれずらりと並んでいた。

クリスタルの城はすべてが透きとおって見えるわけではないらしい。

王を迎え、武官は全員が胸に片手を当て、従者は腰を斜めにして挨拶する。

奏矢と天音を従えたクリスヴァルトがホールの中ほどまで進んでいくと、奥の扉がすっと開け放たれる。

中から静かに足を運んできたのは、エルフ族の女性だった。

ほっそりと背が高く、銀色の豪華なドレスをまとっている。胸の下あたりから裾まで優雅に流れ落ちるようなデザインで、着物のように長い袖がついていた。前髪はきちんと結い上げ、あとは背中に垂らしている。額《ひたい》にサークレット、耳飾りや首飾りも宝石をふんだんにちりばめた豪華なものをつけ、真っ白な肌をしたきれいな女性だが、年齢はよくわからない。

「陛下、ご無事にお戻りで何よりでした」

女性はドレスの裾をつかみ、優雅に腰を落とした。

「姉上。留守中、お世話をおかけしました」

クリスヴァルトの答える声に、奏矢は思わず緊張した。

女性は天音のほうに顔を向け、満足げな微笑を見せる。

けれども、奏矢のほうにちらりと視線を投げた瞬間、きれいな顔に嫌悪の色が浮かんだ。

最初はわかりにくかったエルフの表情も、読み取ることに慣れてきた。この場合は、相当嫌われているという感じだ。

女性はすぐ無表情に戻り、天音に話しかける。

「ドラゴンのディーバ、あなたをお待ちしておりました。私はクリスヴァルト王の姉、レオノーラ。光のエルフの魔道士です」

「あ、ぼくは……あ、天音です」

さすがと言うべきか、クリスヴァルトの姉だけあって、威圧感が半端なかった。それに光の魔道士だとも言われ、まともに向き合うことになった天音も相当緊張しているのだろう。

なんとなく他人事《ひとごと》のように様子を眺めていた奏矢だが、レオノーラが再びこちらを向いてドキリとなる。

レオノーラは金色の細い棒を持っており、それをさっと一振りした。

そのとたん、突然まわりにいた大勢のエルフたちの姿が消えてしまう。

「これは……?」

天音が呆然《ぼうぜん》としたように問いを発する。

「他の者には聞かせたくない話ゆえ、結界を張りました。王よ、この穢《けが》れた者を水晶宮へ迎えられるとは、いったいどういうおつもりでしょうか?」

光の魔道士が苦言を呈したのは、王に対してだった。

穢れた者とは、もちろん奏矢のことだろう。

〝闇の気〟は払われたはずなのに、それでもまだ自分は穢れているのだろうか？

奏矢は不安に戦《おのの》いた。

「姉上、この者に取り憑《つ》いていた〝闇の気〟は、私が払いました。もう問題はないかと……」

クリスヴァルトはそう答えたが、レオノーラはまだ難色を示す。

「確かに、光の王の力を与えれば、闇は払われる。だがそれは一時的なこと。闇の種はこの者の深部に根付いておる。少しの隙《すき》あらば、この者が再び闇にとらわれるのは必定。この城に入れてはなりません」

冷ややかに言われ、奏矢は青ざめた。

闇が根絶されたわけではない。そう思い知らされて、身体《からだ》中から力が抜けてしまうようだった。

「奏矢、大丈夫？」

ぐらりとよろけると、天音が慌てたように支えてくれる。

そして天音は、険しい表情をレオノーラに向けた。

「あなた方が奏矢を追い出すつもりなら、ぼくも一緒に出ていきます。ぼくたち兄弟は絶対に離れたりしませんから！」

珍しく怒りをあらわにした天音に、奏矢は涙が出てきそうになった。

天音の決意は最初から少しも揺らいでいない。今まで何度もそれを聞かされている王は、レオノーラを宥《なだ》めにかかった。

「姉上、お聞きのとおりです。アマネの決意は固い。アマネに竜の笛を吹いてもらうには、ソウヤをそばに置いておくしかありません」

「しかし、その者は」

「ソウヤのことは私が責任を持ちましょう。トラウゴットにつけ込まれたりしないよう、常に目を光らせておけば、問題はないかと思います」

クリスヴァルトに庇《かば》ってもらい、奏矢はほっと胸を撫《な》で下ろした。

今になって天音と引き離されるのはいやだ。

レオノーラは一歩前へと進み、王の腕にそっと手を添えた。

「クリスヴァルトよ、それでも妾《わらわ》は不安です。水晶宮までの道筋に置いた結界が次々と破られた。闇の魔道士はひたひたと距離を縮めてきているのです。今のところ水晶宮の結界に異変はありません。しかし、それも時間の問題かもしれないのです」

王を名前で呼ぶ。そのこと自体がレオノーラの不安を表している気がする。

クリスヴァルトと同じ色の瞳にも、僅《わず》かな揺らぎが見て取れた。

「姉上、あまり心配されますな。竜の歌姫は我が元にある。アマネが竜の笛を吹いてくれれば、ドラゴンを味方とすることができるのです。闇の魔道士など恐るるに足りぬ。すぐにも蹴散《けち》らして見せましょう」

力強い言葉に、レオノーラはようやく息をつく。

「光のエルフの王たるそなたが、そこまで言うなら譲歩しよう。だが、その者をドラゴンのディーバのそばに置くことだけはならぬ。できるだけ離れた場所に置くことだ」

「待ってください。ぼくは奏矢と一緒にいたいです！」

天音はレオノーラの決定を不服とし、懸命に言い募る。

だが奏矢は天音の手を取って、首を左右に振った。

「天音、城から追い出されないだけでも助かるんだから、こっちも譲歩しよう。今までと同じだろ？　寝る時の部屋が別々ってだけだろうから」

「だけど、奏矢はほんとにいいの？　いつも奏矢だけつらい思いをさせられて、こんなの不公平だよね？」

「心配するなって。俺なら平気だから。それにさ、王様のそばはなんとなく堅苦しいだろ？俺はジークのところで気楽にやってるほうが性《しょう》に合ってるから」

奏矢が半分以上本気で言うと、天音がかすかに眉をひそめる。

「奏矢は……ジーク、ハルトのことが好きなの？　いつの間にかジークって呼んでるし」

いつになく暗い感じの声に、奏矢は肩をすくめた。

「だって、ジークはいい奴だぞ？　おまえも知ってるだろ？　無口だけど、俺にもちゃんと気を遣ってくれるし、魔物からも守ってくれる。すごく強いんだ」

軽い調子で続けたのは、この場の空気を重くしないためだ。

だが、天音は何故《なぜ》かそこでふっつりと黙り込んでしまう。

奏矢は慌てて謝った。

「ごめん、俺……考えなしだったな。おまえも気詰まりなのはいやだって言ってたのに」

「ううん、ぼくこそ、ごめん。奏矢にまで気を遣わせて……。奏矢がいいなら、ぼくも我慢する。今までどおり、食事の時とかは一緒にいていいんですよね？」

天音はなんとか気を取り直したように、クリスヴァルトに確認した。

「そのように手配しよう」

クリスヴァルトが短く請け負うと、天音は寂しげな笑みとともに小さくため息をこぼす。

やはり天音も相当無理をしているのだ。

奏矢はなんとなく腹立たしさを覚え、原因を作ったレオノーラにちらりと目をやった。

尊大な女魔道士は何やら不満そうな様子ではあったものの、王が下した決定に逆らうつもりはないようだ。

レオノーラは再び金の棒を振り、それと同時に大勢の姿が戻ってきた。

クリスタルの城には不思議な仕掛けでもあるのか、それとも彼女がエルフの魔道士だからなのか……。

しかし、奏矢がそれを確かめる機会はなかった。クリスヴァルトがすっと手を上げると、足音もさせずに二人の従者が近づいてくる。

「アマネは予定どおりの部屋へ。ソウヤには下の階層で部屋を用意せよ」

「御意」

王の命令で、奏矢と天音は別々の部屋へ案内されることとなったのだ。

†

クリスタルの宮殿は不思議な造りになっていた。

丘の麓《ふもと》から見上げていた時も、相当高さのある建物だと思ったが、内部には階段というものがいっさい存在しなかった。

床や壁が透明で、自分が宙に浮かんでいるのかと錯覚する。最初は足を一歩踏み出すのも怖かった。慣れてくると、ようやく壁や床につけられた金の装飾が目に入り、それに注意しながら歩くと、なんとか恐怖から解放される。

上下への移動はエレベーター式なのだと思う。奏矢には見分けがつかないが、所定の位置で立ち止まると、足を乗せた床がすーっと音もなく下降していく。

最初はパニックに陥《おちい》りそうになったが、それも何度かくり返すと慣れてきた。

水晶宮は未知の技術の粋《すい》を集めて造られた宮殿なのだろう。魔道のほとんどは失われたというけれど、エルフ族は何もないところで光の玉を出現させたりできるのだ。この宮殿の仕組みも、そういった魔道で動いているのかもしれない。

「こちらです」

案内に立ったエルフの従者は、室内に入ったと同時に、すっと片手を上げる。

「あ……」

最初は透けていたまわりの風景が見えなくなり、奏矢はほっと息をついた。

床は白と黒の大理石で市松模様になっており、壁面と天井は白をベースに金の装飾が施された豪華な部屋だった。キングサイズのベッドの他に、ゆったり寛《くつろ》げそうなカウチとテーブルも用意されている。窓の外には真っ青な空も見えていた。

何もかも透けていてはプライベートも保てないが、視界が通常に戻った今は、とても居心地のよさそうな部屋だと思う。

だが奏矢はふと気づいたことがあって、エルフの従者に訊《たず》ねた。

「あの、ジークハルトは？　彼はぼくと一緒の部屋じゃないんですか？」

旅の間、ずっと一緒だったのだ。水晶宮に到着したと同時に姿が見えなくなったので、所在だけでも知りたかった。

しかし、エルフの従者は僅かに首を傾《かし》げる。

「ジークハルト……獣人族《じゅうじんぞく》の王に何か？」

「えっ、獣人族の王って、……ジークが？」

「ジークハルトという名の者は、他にはおりません」

奏矢は思わぬ情報に呆然となった。

奴隷《どれい》の身分だと言っていたジークハルトが、まさか、獣人族の王だったとは……。しかし、彼には確かに奴隷らしからぬ堂々としたところがあった。

「すみません。それでジークはどこに？」

奏矢は気を取り直して再度訊ねた。

「あの獣人族の王でしたら、魔物を討伐するための軍の編成にかかっております」

「軍の編成？」

「我々エルフ族の数は多くはありません。クリスヴァルト王が直接指揮を執《と》られる精鋭軍は別として、討《う》ち漏《も》らした小物を掃討するのは人間族と獣人族を合わせた軍になります。ジークハルトは戦士としても、一軍を率いる将としても、アルフヘイム中に名を轟《とどろ》かせている。ゆえに、今は奴隷の身分ながら軍の編成も任されているのです」

「ジークがそんなに立派な戦士だったなんて……」

奏矢はため息混じりに呟《つぶや》いた。

確かに、魔物を倒す剣捌《けんさば》きは、クリスヴァルトのそれと比較しても、少しも見劣りしなかった。そして魔物に向かっていく時の勢いも、誰にも負けていなかったように思う。魔物のせいで自分の国が荒れてしまったなら、ジークハルトが復讐心に駆られていたとしてもおかしくはない。

そんな感慨に浸っているうちに従者が下がっていき、入れ替わりにエルフの侍女が現れる。

「ご入浴の準備ができております」

「えっ、お風呂に入れるんですか？」

思わぬ朗報に、奏矢は歓声を上げた。

ここまでの道中、クリスヴァルトと一緒だった時は、簡易式の風呂に入れてもらっていた。それでも本物の風呂に入れると聞いて、喜ばずにはいられない。

奏矢は早速、続き部屋に用意された湯船に浸《つ》かった。

大理石の床に置かれているのは、金の猫脚《ねこあし》が付いた西洋風の透明なバスタブだ。最初はちょっと驚いたけれど、温かな湯に浸かれる気持ちよさは格別だった。

清々《すがすが》しいミントの香りの湯に首まで浸かり、手足を思いきり伸ばす。

こんなにリラックスできたのは、この世界に紛れ込んで初めてかもしれない。

目を閉じると、今までに体験してきた様々な出来事が思い浮かぶ。

いきなり大草原のど真ん中に立っていた時の驚きと不安。そして妖精王のクリスヴァルトに出会い、召喚されたのは天音だけで、自分は〝闇の気〟にまみれていることを知った。魔物に襲われ、自分の身体にも〝闇の印〟が浮き出て、恐ろしくてたまらなかった。思わぬ成り行きでクリスヴァルトに抱かれたことも、順に思い出す。

色々大変だったけれど、ようやく終着点へと辿《たど》り着いたのだ。

天音がドラゴンを呼び出すことに成功すれば、元の世界に戻れる。

双子だからという理由だけで嫌われたり、〝闇の気〟に覆われているからと恐れられたりすることもなくなるのだ。

でも、元の世界に戻ったら、もうクリスヴァルト様には会えなくなる……。

奏矢は何故かそんなことまで考えてしまい、急に寂しさを覚えた。

お湯に浸かった身体には、もう醜い痣《あざ》は残っていない。クリスヴァルトが身体を繋《つな》げて、〝闇の気〟を払ってくれたからだ。

湯の中で揺らめく自分の素肌を見ているうちに、抱かれた時の甘い感触まで脳裏に蘇《よみがえ》る。

奏矢は焦り気味に首を左右に振り、天音のことに意識を向けた。

天音、大丈夫かな……ゆっくり休めているかな……。

目を閉じると、今までなんとなく見過ごしてきた寂しげな表情ばかりが思い出される。

天音、もう少しだからな。ドラゴンを呼び出せたら、一緒に帰ろう。だから、寂しくてももう少しだけ我慢して……今はゆっくりお風呂に浸かって、旅の疲れを癒やして……。

心の中で問いかけながら、奏矢はずっと両目を閉じていた。

すると不思議なことに、まるで頭の中で動画が再生されたかのように天音の姿が映る。

天音は広々とした豪華な部屋で、奏矢と同じく、湯に浸かっていた。

気持ちよさそうにしているけれど、頬《ほお》がずいぶん赤い。よくよく見てみると、天音のまわりには世話係のエルフの侍女が五人も控えていたのだ。

うわ、湯船に浸かっているところを見られてるのか……それは俺でも恥ずかしいや……。

心臓もドキドキいってるし、あれじゃ、ゆっくりなんてできないな……。

部屋はここの何倍もの広さがあり、内装も豪華だった。天音は相変わらずお姫様扱いにされていたが、みんなにちやほやされるのも考えものだ。

そこまで思ったところで、奏矢ははっとなった。

いくらなんでもリアル過ぎる光景だ。

両目を閉じているだけで決して眠っているわけじゃない。意識も極めてはっきりしている。

となると、これは白昼夢というやつだろうか？

疑問を覚えた奏矢はゆっくりまぶたを上げた。自分がいる室内の様子が視界に入ったと同時に、天音の姿が掻《か》き消えてしまう。

奏矢は再びかぶりを振った。

こんなにもリアルな白昼夢を見たのは、やはりここがエルフの城だからだろうか。

魔道は失われたと言うが、奏矢からすれば魔法のようなことばかりが起きている。

もう一度確かめてみようと両目を閉じた。けれども、もう天音の部屋が見えることはなく、奏矢はため息をついた。

ミントの香りの湯にゆっくり浸かったあと、奏矢は薄いガウンを羽織ってカウチに移動した。侍女が運んできてくれた特製のハーブティーを飲み終える頃には、身体に溜《た》まっていた疲労がきれいに取れていた。

エルフ族は普段から目的に応じて、膨大な種類のハーブティーを飲み分けているらしい。だからこれも、湯船とお茶に入っていたハーブの効能なのだろう。

ジークハルトが訪ねてきたのは、それからしばらくしてのことだった。

従者から彼が獣人王だと聞いたばかりだった奏矢は、逞《たくま》しい軍装姿のジークハルトに、思わず目を細めた。長い旅を終えたばかりで、さらに軍の編成も行っていたというのに、陽焼けした精悍《せいかん》な顔に疲れはまったく見えない。

「これから出撃しますので、ご挨拶にまいりました」

「出撃？　軍を編成しているって聞いたけど」

「はい。魔物の出現が増え、この水晶宮にも迫る勢いです。追い払うには数多くの兵を率いる必要があります」

ジークハルトはなんでもないことのように報告する。魔物を討伐することには、少しも恐怖を感じていない様子だ。

「水晶宮に着いたばかりなのに、また遠くまで行くの？」

「はい、それが役目ですから」

「でも、奴隷の契約はもうすぐ終わりだって言ってたのに……それに、ジークは王様だったんでしょ？」

何かと頼りにしていた若者に会えなくなるのは寂しい。思わずそう訊ねると、ジークハルトは口元をやわらげる。

「今の俺はまだ奴隷です。しかし、闇の魔道士は俺にとっても排除すべき敵。魔物を一掃する戦いに行くのは望むところですから」

気負いはない。でもジークハルトの言葉には誇りと力強さが感じられた。

「俺もジークみたいに頑張れたらいいんだけど……」

ため息混じりに言うと、ジークハルトはそっと肩に触れてくる。

「ソウヤ様は充分に頑張っておられる。それにあなたはとても強い」

「俺が？」

「はい。ソウヤ様も、そしてアマネ様も……ある日突然、見知らぬ世界に来て、それでも気丈にしておられるではないですか」

「そんなことないよ。俺なんて、何もできない役立たずで、みんなの足を引っ張ってるだけなのに……っ」

奏矢はたまらなくなって訴えた。薄いガウンの生地をとおし、肩に置かれた大きなの手の温かさが伝わる。

ジークハルトは明るい空のような瞳で、上からじっと見つめてきた。

「アマネ様はソウヤ様のことを頼りになさっておられます。アマネ様のことは、皆が大切に守っている。それでも、あの小さなお身体では背負いきれないほどの重圧を感じておられるはず。アマネ様も心の強い方だ。だから、弱ったところなどお見せにならないでしょうが、元気づけてあげられるのは、兄であるソウヤ様だけでしょう」

奏矢ははっとなった。

普段は寡黙《かもく》なくせに、ジークハルトは珍しく饒舌《じょうぜつ》だ。奴隷の身分では、親しく接する機会は限られていたはずなのに、ジークハルトは天音のことをよくわかっていた。

「大丈夫だよ、ジーク。天音は俺の弟だもん。誰にも傷つけさせたりしない」

「それでこそ、ソウヤ様です」

ジークハルトはそう言って、にっこりと笑った。

奏矢はなんとなく照れ臭くなって、気軽な調子で問いを重ねた。

「あの、……奴隷の契約が終わったら、ジークは王様に戻るんだよね？」

「王として認められるかどうかはまだわかりませんが、俺にはばらばらになった者たちを集め、荒れ果てた国を立て直す義務がある」

「ジークなら立派な王様になれるよ。それでさ、王様になっても、ジークって呼んでいい？ジークとはずっと友だちでいたいから」

「もちろんです」

「じゃ、その時は俺のことも、様付けじゃなく、ソウヤって呼んでね」

「お望みでしたら、そのようにしましょう」

獣人族の王はしっかりと請け合って、部屋を出ていった。

逞しいジークハルトの姿が見えなくなって、奏矢ははっと気づいたことがあった。

一日でも早く元の世界に戻りたいと望んでいた。

しかし、それだとジークハルトが自分の国の王座に即《つ》く姿は見られないかもしれない。

なのに、さっきは本気で、友だち付き合いを続けられたらと思っていたのだ。

「天音がドラゴンを呼び出せば、この世界ともお別れ……クリスヴァルト様にも会えなくなる……」

奏矢はぽつりと口に出し、そのあと鋭い胸の痛みに襲われた。

†

宮殿内の広間で、竜の歌姫を歓迎する宴が催されたのは、その日の夜のことだった。

奏矢も出席が許され、宴用の豪奢《ごうしゃ》な服に身を包んでいた。

純白の衣装は、後ろ身ごろの裾が膝裏まで達する燕尾服《えんびふく》風のデザインだ。中に着るベストや細身のズボンも絢爛《けんらん》豪華で、たっぷり金糸や銀糸の刺繍《ししゅう》が施されている。ぼさぼさになっていた髪も艶《つや》が戻るまで丁寧にブラッシングされ、仕上げとして額に宝石付きのサークレットをつける。自動翻訳機のペンダントは外せない。他に耳飾りと指輪も用意され、今まで使用人の格好だった奏矢も、ようやく天音と同じレベルに格上げされたという感じだった。

もっとも、可愛い天音ならともかく、自分にはこんな華やかな服装は似合わないと思う。見た目の豪華さからは意外に思うほど軽くて動きやすい衣装だったが、やはり慣れない格好は落ち着かない。

奏矢は従者の案内で、宴《うたげ》が催される広間へと向かった。

恐ろしく高さのある天井は、よく見るとドーム状になっていた。けれどもその天井は透明で、宝石をちりばめたような星空が透けて見えている。

そしてエルフ族が作り出す光の玉が、会場中に浮いており、照明の代わりになっていた。

広間は着飾ったエルフ族の男女で埋め尽くされている。

美男美女揃《ぞろ》いのエルフ族が集ったところは壮観だった。

広間の中心部には人がおらず、丸く空いている。その上空に、突然姿を現した三人がいて、奏矢は息をのんだ。

「おお……」

「お出ましだ」

広間のそこここから、ため息混じりの声が漏れる。

空中に姿を現したのは、クリスヴァルト、クリスヴァルトに手を取られた天音、そして魔道士のレオノーラだった。

空中に浮かんだ三人は、透明の円板に乗っているのだろう。ゆっくりと下降してくる。

その円板が広間の床と同じ高さになった時、さっとクリスヴァルトの側近たちが近づいていった。旅で一緒だったエルヴィン、フロリアン、アロイスの三人だ。

豪奢な衣装をまとった王と天音、レオノーラの登場に、広間はざわめいている。

クリスヴァルトも天音も、基本的には奏矢と一緒で燕尾服風の衣装だ。けれども天音のものはシルバーがベースで、クリスヴァルトは黒がベース、そして腰には長剣を佩《は》いている。

二人がよりそっている様には、いやでも目が釘付けになった。そして、あまりの麗《うるわ》しさに、我知らずほうっとため息が出てしまう。

奏矢が立っていたのは広間の隅だったが、視線を彷徨《さまよ》わせた天音はすぐにその場所を見つけ出した。

あまり疲れた様子がなくて、奏矢はほっとしたけれど、天音は何故かくすりと忍び笑いを漏らす。きっと奏矢の王子様スタイルを見たせいだろう。

「皆の者、ドラゴンのディーバ、アマネだ」

クリスヴァルトが天音を紹介すると、臣下たちはいっせいに祝いの言葉を述べ始めた。

「陛下、よくぞ、竜の歌姫を伴われました。おめでとうございます」

「穢れなき歌姫が、陛下のそばにあられること、お喜び申し上げます」

「本当に美しく、穢れない歌姫だ」

皆の注目を浴びた天音は、緊張のためか頬を紅潮させていたが、怯《おび》えた様子はない。大役を担う覚悟がしっかりとできているのだろう。

奏矢は、王の隣で凜《りん》とした空気をまといつかせた天音を、心底誇らしく思った。

「皆の者、今宵はドラゴンのディーバを歓迎する宴。存分に楽しむがよい」

クリスヴァルトの言葉で、広間を満たしていた緊張がすうっと解ける。

広間の一角で音楽の演奏も始まって、従者たちがトレイを片手に飲み物を運んでくる。エルフたちは、それぞれ銀の杯《さかずき》を手にして酒を飲み始めた。

壁に近い場所には、きれいに盛りつけられた料理の皿がいくつも並び、エルフの女性たちの中には、そこでハーブティーを飲んでいる者もいる。

だが、王と天音のまわりは、相変わらず高位の騎士たちが取り囲んでいた。

「陛下、魔物の討伐軍はいつでも出発できるように準備を整えております。歌姫は、いつドラゴンの笛を吹いてくださるのでしょう？」

「アマネが疲れていなければ、明日にでも試してもらうことになる」

「おお、それは重畳《ちょうじょう》。ドラゴンがやってくるのが楽しみですな」

王と臣下とのやり取りで、天音は一瞬、緊張した様子を見せる。

こくりと喉を上下させた天音を見て、奏矢はそばに駆け寄りたくなったが、それをぐっと我慢した。

穢れた自分がそばに行けば、天音の立場を悪くするだけだ。

でも、ドラゴンを呼び出せるのが天音しかいないなら、どれほどのプレッシャーを感じていることか。

だから、宴が終わったあと、ほんの少しでもいいから声をかけ、力づけてやりたかった。

広間では音楽に合わせ、優美なダンスを始めたカップルもいたが、奏矢はひたすら大人《おとな》しくしていた。

エルフの騎士たちは、奏矢に〝闇の気〟が取り憑いていたことを知っている。今はそれがなくなったとはいえ、奏矢には双子の片割れだという弱点もあるのだ。

天音やクリスヴァルトには近づけない。それで奏矢は料理の載ったテーブルまで移動した。

くよくよしていても仕方ないし、せっかくこうしてご馳走《ちそう》も並んでいるのだ。それを食べるぐらいなら大丈夫だろう。

奏矢は大皿に手を伸ばし、フルーツを取り分けた。

広間に集まっているのは、ほとんどがエルフ族だ。彼らはあまり肉類を食べないので、テーブルに並べられているのはフルーツやサラダ、そしてケーキなどが多かった。

ピンク色をしたオレンジは旅の途中でも食べた。さっぱりした甘さで気に入ったフルーツの一つだ。

だが、奏矢がそれに口をつけた時、何故かあたりの空気が冷え冷えとしたものに変わる。

近くにいたエルフたちが、奏矢に気づいたとたん、いっせいに離れていったのだ。

決して大声を上げて批難したりはしない。だが、ケーキを美味《おい》しそうに食べていた女性たちも、皿を置いてゆっくりテーブルから遠ざかっていく。

気づくと、奏矢を中心に半径十メートルほどの空きができていた。

「別に、話しかけたりしないんだから、いいじゃないか……」

奏矢はそう呟いて、唇を嚙《か》みしめた。

食欲が失《う》せ、食べかけだったフルーツの小皿をテーブルに戻す。そうして奏矢は込み上げてきた涙を堪《こら》えながら、足早にテーブルから離れた。

こうなれば、なるべく邪魔にならない場所で、何もせずにじっと立っているしかない。ジークハルトがそばにいてくれればいいのにと思ったが、彼はすでに出発してしまっただろう。

ため息をついていると、一人の若いエルフがこちらへと歩いてくる。

アロイスだった。クリスヴァルトの側近の中では一番年が若い。だが、エルヴィンや兄のフロリアンと並んでも、少しの遜色《そんしょく》もない長剣の使い手だ。今日はストレートの長い金髪を天鵞絨《ビロード》のリボンで一つに結んでいるので、先の尖《とが》った耳がよけいに目立っている。

「おい、おまえ」

エルフらしからぬ横柄さで話しかけられて、奏矢は眉をひそめた。

「なんでしょうか？」

見れば、緑の双眸《そうぼう》にはいちだんと冷たく感じる光がある。

「おまえはいつまでこの水晶宮にいるつもりだ？」

「いつまでって、そんなこと、俺に訊《き》かれても……」

「アマネ様は無事に水晶宮に入られた。だがレオノーラ様はおまえの存在が邪魔になるのではないかと危惧《きぐ》されている。それなのに、おまえはクリスヴァルト様が許されたのをいいことに、こんな場所まで出向いてきて、ずうずうしいにもほどがあるだろう」

「俺は別に、こんな宴なんて……っ」

参加したかったわけじゃない！

奏矢は思いきり叫ぼうとして、途中でぐっと奥歯を噛みしめた。

ここで怒りをあらわにしても、いいことは何もない。天音を心配させるだけだ。

アロイスは、わざとらしく腕を組む。

「とにかく、おまえからは目を離すなと、レオノーラ様に命じられた。少しでもおかしな真似をしたら、許さない。今後はクリスヴァルト様、アマネ様にも近づくな」

「そんな……っ、だって、クリスヴァルト様は……許してくれただろ」

思わず言い募ると、フロリアンはさらに凍りつくような目つきになる。

「なんという口のきき方だ。穢れたおまえはやはり奴隷以下だな。長くしゃべっていると、こちらも穢れてくる気がする。とにかく、おまえはひたすら大人しくしていろ。与えられた部屋から一歩も出るな」

アロイスは、そう吐き捨てただけで、くるりときびすを返した。

逆らうつもりはないが、あまりにも理不尽《りふじん》な命令だ。

奏矢は悔しさで両手をぎゅっと握りしめた。

天音のほうに目を向けると、クリスヴァルトの隣で微笑《ほほえ》んでいる。そばにいたエルフに何か言われたのだろう。天音はクリスヴァルトを見上げ、恥ずかしそうに頬を染めていた。

クリスヴァルトも優しげな目で天音を見つめ返している。

男同士だけど、本当にお似合いの二人だ。

天音だって最近はずいぶんとクリスヴァルトに甘える様子を見せている。

奏矢は何気なくそう思い、次の瞬間、何故か目の奥がつうんと痛くなった。

涙が出そうになり、それを必死に堪えていた時だ。

広間の反対側が、突然騒がしくなった。そして大勢の客を掻き分けて、衛兵の格好をしたエルフが駆け込んでくる。

「陛下！　一大事でございます！　北の橋の結界が破られました！」

衛兵はクリスヴァルトの前で倒れるように片膝をついて叫んだ。

騒然としていた広間が、一瞬でしいんと静まり返る。

レオノーラも警告していたが、結界を破られたのは、それほど衝撃的なことだったのだ。

「皆の者。宴はこれまでとする。城の衛兵の半数を、今すぐ北の橋に向かわせろ。民に害が及ばぬうちに、侵入した魔物を即刻始末せよ」

「御意！」

クリスヴァルトの命に、報告にきた衛兵、そして側近たちがすかさず答える。

そのあと命令を伝えるために、何人かのエルフが広間から慌ただしく駆け出していった。

「姉上、アマネをよろしくお願いします。私は橋の様子を見てきますので」

クリスヴァルトはそう言って、天音の手をレオノーラに預けた。

天音が不安そうに見上げると、クリスヴァルトは優しい笑みとともに、青ざめた頬を大きな手で包み込む。

「さあ、ディーバ。こちらへ」

レオノーラに声をかけられた天音は、奏矢のほうに縋《すが》るような視線を向けてきた。

魔物がくるかもしれないと聞いて足が震えていたが、奏矢は無理に笑みをつくって天音に手を振った。

けれども、その瞬間、氷のように冷たい視線に突き刺される。

背筋がぞくりとなったほど、憎しみのこもった視線を向けてきたのはレオノーラだった。

クリスヴァルトはそんなことには気づかず、側近のエルヴィンを従え、足早に広間を横切っていく。

天音を連れたレオノーラは、透明の円板を宙に浮かせ始めていた。

「奏矢、奏矢も一緒に」

天音の懸命の声に、レオノーラは冷たく首を左右に振る。

「なりません」

「だって、魔物が来るかもしれないんでしょ？」

「そのようなことにはなりません。王の力を信じなさい」

「でも……っ」

天音は懸命にレオノーラの手を振り払おうとしていたが、円板は瞬《また》く間に高度を上げ、天井まで半分の距離となったところで、すっと消えてしまった。

「天音……行ってしまった」

自分はどうすればいいのだろう？

奏矢はふと不安に駆られたが、その場から動くことはできなかった。

大勢集まっていたエルフたちは次々に広間から出ていくが、誰も奏矢を気に留めたりしない。従者や侍女たちでさえ、迎えにきてはくれなかった。

案内がなければ、元の部屋に戻ることさえできない。

奏矢は途方に暮れるばかりだったが、そこへ、先ほどのアロイスが靴音を響かせながら戻ってくる。

「おまえはこっちへ来い」

冷ややかな声とともに、ぐいっと手首をつかまれた。

「痛……っ」

乱暴な扱いに、思わず呻《うめ》き声が出てしまう。

アロイスは奏矢の腕をねじ上げて、刺すように睨《にら》んできた。

「おまえが呼び寄せたのか?」

「えっ?」

「おまえが闇の魔道士を呼び寄せたのだろう?」

何を疑われているかを知って、奏矢は青ざめた。

とんでもない言いがかりだ。それでも奏矢の胸には一抹《いちまつ》の不安があった。

黙り込んだ奏矢に、アロイスは苛立《いらだ》たしげに重ねた。

「とにかく、おまえは捕らえておかねばならぬ。こっちへ来い」

いつもは無表情なエルフなのに、アロイスの端整な面《おもて》には明らかな怒りが浮かんでいる。

魔物を呼び寄せたのが奏矢だと、本気で信じているのだろう。

「待ってください！　ぼくは何もしてない。闇の魔道士とか言われても、知りません！」

奏矢は必死に言い募ったが、アロイスを説得することはできなかった。

そうして乱暴に手を引かれ、広間から連れ出されたのだ。

†

奏矢が閉じ込められたのは、下層階にある牢獄《ろうごく》のような場所だった。

透明ではなく、床、天井、壁、全部が灰色のつるりとした材質で真四角の部屋だ。広さはそこそこあったものの、そこに入れられてすぐにドアそのものが消えてしまい、パニックに陥りそうになった。

「ぼくは魔物なんて、呼んでません！」

奏矢はアロイスに向かい、必死に叫んだ。

だがエルフの騎士は、表情一つ変えず、奏矢に手を伸ばしてくる。

「着ているものを全部脱げ」

「えっ？」

「おまえには〝闇の印〟が出ていたのだろう？　レオノーラ様はおまえがまだ種を残している可能性が大きいとおっしゃっていた。私が暴いてやる」

冷たい指摘に、奏矢は思わずぎくりとなった。

〝闇の印〟はクリスヴァルトが消してくれたはずだ。しかし最初の時だって、黒い痣は知らないうちにできていた。先ほど風呂に入った時には何もなかったけれど、絶対にそのままとは言い切れない。

だからこそ、奏矢自身が不安でたまらなかった。

「さあ、脱げ」

アロイスは容赦もなく豪華な上着を奪い、ベルトやスラックスにも手をかけてくる。

あまりにも乱暴な動きに、奏矢はつるりとした床に倒れ込んだ。

「ま、待ってください！」

懸命に抗《あらが》おうとしたが、アロイスの手は止まらない。瞬く間にスラックスとシャツも脱がされ、奏矢は下着だけという姿にされてしまった。

無理やり肌をさらけ出され、惨《みじ》めさが募る。なのにアロイスはまだ手を休めず、とうとう最後の下着まで奪われてしまう。

残されたのは翻訳機能付きのペンダントだけだ。ペンダントヘッドが思いがけず冷たくて、鳥肌が立つ。

「本当に、何もないのか？　まさか、偽装しているのではないだろうな？」

「な、何もありません！　は、放してください……っ」

「黙れ！」

奏矢は手を振り回して逃れようとしたが、アロイスはそれを簡単に阻止する。

そのうえ床の上に転がされ、喉元をぐいっと手で押さえつけられてしまった。

「……くぅ……っ」

喉を押され、呼吸をするのも困難だ。

それなのにアロイスはまだ疑い深く、奏矢の肌を撫で回している。

だが、どんなに疑われても、奏矢にはどうしようもなかった。そして乱暴に肌を探っていたアロイスも、何も見つけられなかったらしく、唐突に動きを止める。

「ちっ、私の力ではおまえの嘘を暴くまでには至らない。結界の修復が終わったら、レオノーラ様に直接見ていただくしかないな」

アロイスはそんなことを嘯《うそぶ》きつつ、ようやく奏矢を自由にした。

「はっ、……っ、ふっ」

奏矢は激しく息を継ぎながら身を起こし、脱がされた服を手繰《たぐ》り寄せた。

しかしアロイスは、再び手を伸ばしてきて、奏矢から服を取り上げてしまう。

「か、返してください。もう、何もないって、わかったでしょう？」

奏矢がそう抗議したと同時だった。

アロイスの手にあった衣装が、ふっと掻き消える。

「！」

まるで魔法のような業《わざ》に、奏矢は目を見開いた。

いや、これこそがエルフの魔道なのだろう。

「おまえに服は必要ない。この部屋に閉じ込めて、一日中見張っていることにする。服を着ていられては、痣が出たかどうかを確認できないからな」

なんでもないように言ってのけたアロイスを、奏矢は呆然と見上げるだけだった。

6

奏矢は灰色の牢獄の片隅で、壁に背中を預けて腰を下ろし、じっとしていた。

広さは充分にあるけれど、壁も床もすべてが灰色で、窓やドアもない。真四角の箱の中にいると、閉塞感が半端なくて息苦しかった。

アロイスは裸体をさらした自分を、どこかで観察しているのだろうか。

この宮殿の不思議な構造、それにエルフの力を使えば、中にいる者の監視ぐらい簡単にできてしまうのかもしれない。

とにかく、どこで見られているかわからないのだ。迂闊《うかつ》に動く気にはなれなかった。

奏矢は両膝を抱え、そこに顎《あご》を乗せてため息をついた。

これぐらいでめげてはいられない。天音だって慣れない宮殿で頑張っているだろうから。

奏矢は必死に弟の顔を思い浮かべた。

天音があれからどうしたのか気になるし、できれば今の自分の状況も伝えておきたい。

風呂に浸かっていた時みたいに、天音の様子が見えないだろうか。それに、天音のほうも今の自分を見つけてくれないだろうか。

奏矢はそう願ってみたけれど、部屋はしんと静まり返っているだけだ。風呂に入っていた時のように、天音の姿が見えることもなかった。

あれから、どのくらい時間が経《た》ったのだろうか？

崩された結界から、魔物が大挙して押し寄せてこないだろうか？

城下の人たちは大丈夫だろうか？

クリスヴァルトも前線で戦っているなら、怪我《けが》とかしていないだろうか？

不安の種は山ほどあったが、奏矢には事実を知る手段がない。

「俺……いつまでここにいればいいんだろ……何も悪いこと、してないはずなんだけど……どうして、こんな役回りなのかな……。どうせ異世界に飛ばされてくるなら、俺自身が颯爽《さっそう》と魔物をやっつける英雄になりたかったよ」

ぽつりと呟いてみても、状況が変わるわけではなかった。

時間が経つにつれて思考力が鈍ってくる。こんな時、逞しく勇気のある主人公なら、体力維持のために運動でもするところだろうが、裸のままでは動き回る気力もない。

そのうち上体から力が抜けて、少しずつ傾いでいく。そうして最後には、手足を丸めたまま床に横たわった。

ひんやりした床が頬に触れると一瞬びくりとなるが、今度は徐々に睡魔に襲われる。

馴染《なじ》みのある悪夢が訪れたのは、それから間もなくのことだった。

——こっちへ来い。いつまで、そんなところにいる気だ？

黒い霧の中からぐにゅりとした腕が伸びてきて、手をつかまれそうになる。奏矢は必死にそれを振り払った。

——来るな！　俺に触るな！　あっちへ行けよ！

——さあ、手を寄こせ。我と一緒に来るのだ。

——いやだ！　あっちへ行け！　おまえは誰だ？　どうして俺を苦しめる？

奏矢は夢の中で懸命に抗い続けた。

すると、ぐにゅりとした腕が元の闇に戻り、今度はその中心がぼうっと明るくなる。

——あっ！

奏矢は息をのんだ。

明るくなった闇がうごめいて、そこに浮かび上がってきた顔がある。

驚いたことに、精緻《せいち》に整った白い顔はクリスヴァルトにそっくりだった。

目を瞠っているうちに、顔だけではなく、光のエルフの王の長身が明確に像を結ぶ。

そうしてクリスヴァルトは形のよい口元をゆるめ、奏矢に向けてそっと手を差し伸べた。

——さあ、こちらへ。私に手を預けるのだ。

——クリスヴァルト様……？　でも、これは夢、なのに？

——さあ、何を迷っている。私はおまえが大好きなクリスヴァルトだ。さっさとこっちに手を寄こせ。

煌びやかな衣装に身を包んだ長身……見惚《みと》れずにはいられないその美貌《びぼう》……。

いつものようにクリスヴァルトが助けてくれる。この悪夢から救いに来てくれたのだ。

そう思った奏矢だが、手を伸ばす寸前でためらった。

どこかおかしい。

このクリスヴァルト様はどこか変だ。

と、奏矢の心の内を見透かしたように、そのクリスヴァルトがにやりと笑う。

――どうした、ソウヤ？　おまえは私が好きなのだろう？　それとも、弟のことを気にしているのか？　だが、わかっているぞ。本当は弟と入れ替わりたかったのだろう？　さあ、弟に遠慮することはない。こっちへ来い、ソウヤ。

胸の奥に潜んでいた思いを指摘され、奏矢は激しく首を振った。

クリスヴァルトが好き。それは本当のことだった。いつの間にか好きになっていた。異常な状況が続いたせいで気持ちがおかしくなっただけだ。そう、何度も否定したけれど、今になってはっきりわかった。

クリスヴァルトが好きだ。

だからこそ、クリスヴァルトのそばにいる天音が羨《うらや》ましかった。

天音と入れ替われれば、どんなにいいかと思っていた。自分こそが竜を呼び出すディーバで、クリスヴァルトの花嫁になれれば、どんなにいいかと……自分でも気づかないうちにそう願っていた。

——そうだ。それがおまえの本音だ。さあ、遠慮するな。私の手を取れ。そうすれば、弟と入れ替われるぞ。何も迷うことはない。

手を伸ばしたクリスヴァルトはそう言って、さらに笑みを深める。

その瞬間、奏矢は確信した。

——違う！　あなたはクリスヴァルト様じゃない！

必死に叫ぶと、クリスヴァルトの美貌が禍々《まがまが》しく歪《ゆが》む。

——我こそが妖精王クリスヴァルト。光のエルフの王だ。ソウヤ、おまえは我のもの。こっちへ来い。

——違う、違う　違う！　おまえは違う！　クリスヴァルト様じゃない！

奏矢は声を嗄《か》らして叫び続けた。

すると目の前にあったクリスヴァルトの像が、ぶわっと膨らみ、襲いかかってくる。のしかかってきたクリスヴァルトは一瞬にして闇色に染まった。

今にもその闇にのみ込まれてしまいそうになった時、奏矢は強く肩を揺さぶられた。

——いやだ——っ！

「ソウヤ！　しっかりしろ。起きるんだ、ソウヤ！」

がくがくと乱暴に揺らされて、奏矢ははっと我に返った。

重いまぶたを開けると、クリスヴァルトの美貌が間近にある。

「やっ！」

奏矢は恐怖に駆られて身をよじった。

だが、クリスヴァルトは強い力で奏矢の細い身体を引き寄せる。

「おまえが見ていたのは夢だ。本物の私はここにいる！」

鋭い叱責とともに、ぎゅっと抱きしめられる。

温かな体温と心地よい締めつけは、少しもいやじゃない。むしろ、ずっとこうして包み込んでいてほしい。

奏矢はそこでようやく、これが本物のクリスヴァルトなのだと確信した。

「クリスヴァルト様？　……ほんとに？」

「ああ、そうだ。私だ」

力強い答えに、奏矢は思わず涙をこぼした。

「お、俺、……また怖い夢を見て……」

「そこに私がいたのか？」

静かに問われ、奏矢はこくりと頷《うなず》いた。

するとクリスヴァルトが優しく頭を撫でてくれる。長い指で額に乱れかかっていた髪を梳《す》き上げられて、奏矢はまた新たな涙をこぼした。

涙で曇った目を開けると、夢の中のクリスヴァルトとはまったく違うことがよくわかる。

エルフの王は宴の時と同じ格好だが、どこにも乱れがない完璧《かんぺき》な美しさを誇っていた。そして圧倒的な気品に溢《あふ》れ、優しく見つめてくる青紫の双眸も澄みきっている。

それに比べ、奏矢は裸に剥《む》かれた惨めな格好だ。

今になって気づいた奏矢は、羞恥《しゅうち》で頬を染めた。

「許せ、ソウヤ。私の配慮が足りず、怖い思いをさせた」

「クリスヴァルト……様……っ」

奏矢は我慢できずに、語尾を震わせた。

結界を崩されて大変だったはずだ。それなのに、天音だけではなく、自分のことも気に掛けてくれていた。それがわかっただけで嬉しくて、涙が溢れてしまう。

「ソウヤ、さあここから出るぞ」

クリスヴァルトは短く言って、いきなり奏矢を横抱きにした。

「あっ」

服を消されてしまったので、身体を覆うものがない。裸のままで抱き上げられて、恥ずかしさは頂点に達した。

クリスヴァルトはそんな奏矢にはまったくお構いなしで、部屋の外に連れ出す。そして、堂々とした足取りで透明な廊下を歩き始めたのだ。

遠くで従者や侍女が行き交っているのが目に入り、奏矢は身を硬くした。

裸で抱かれているところを見られては、何を言われるかわからない。

それでもクリスヴァルトは平気で進んでいくだけだ。奏矢はまわりの光景が目に入らないように、クリスヴァルトの胸に顔を伏せているしかなかった。

そうして連れていかれたのは、今まで見たこともないほど豪華な部屋だった。

そこでは何人もの従者や侍女が王を待っていた。

「皆、下がれ」

王の命令に、エルフたちは静かに部屋から下がっていく。

奏矢は奥の寝室まで運ばれ、豪奢なベッドにそっと下ろされた。

「あ、あの……っ、すみません、俺……っ、な、何か着るものを……っ」

今さらのように裸でいることが恥ずかしく、奏矢はかっと耳まで赤く染めて頼み込んだ。

しかしクリスヴァルトは、その要求が耳に入らなかったかのように、ベッドの端に腰を下ろしてしまう。

「ソウヤ、こんなにされて可哀想に……だが、アロイスは姉上の命に従っただけだ。許してやってくれ。すべての責は私にある。おまえのことをもっと気遣うべきだった。すまない」

思いがけない謝罪に、奏矢は目を見開いた。

クリスヴァルトは光のエルフの王だ。けれども、皆に嫌われている自分に謝ってくれた。

「クリスヴァルト様、俺のほうこそ、また助けてもらったのに……」

「いや、おまえが悪い夢を見たのも、元はと言えば私のせいだ」

宥めるように頬を撫でられ、奏矢は胸がいっぱいになった。

嗚咽《おえつ》を上げないようにするには、相当頑張らなければならない。奏矢は懸命に息を継いで昂《たか》ぶった気持ちを抑えた。

「あの……、結界はどうなったのですか？　魔物は？　市民の皆さんは無事でしたか？」

「結界はすでに修復した。他の三箇所も強化した。魔物が入り込んだせいで建物が崩れ、下敷きになった民が何人か怪我を負った。しかし命を落とした者はいない。魔物もすべて騎士たちが屠《ほふ》った。今は皆、落ち着きを取り戻している」

これまでの経緯《けいい》を聞いて、奏矢はほっとした。

「よかった……」

奏矢は続けて天音の様子を訊こうと思ったが、寸前で留《とど》まった。

天音は無事に決まっている。そうじゃなければ、クリスヴァルトが自分を救い出しに来てくれることはなかっただろう。

こんなふうに卑屈な考えにとらわれるのも、クリスヴァルトを好きだと気づいたからだ。

でもクリスヴァルトは最初から天音のものだと決まっている。

「ところで、ソウヤ。おまえにはつらいことかもしれないが……」

口調を変えたクリスヴァルトに、奏矢は小さく首を傾げた。

エルフの王は奏矢の肩に手を置いて、間近からじっと覗《のぞ》き込んでくる。

青紫の瞳で見つめられただけで、ドキドキと心拍数が上がった。まして今は裸のままだ。

改めて羞恥も湧き起こり、奏矢は身体中の肌を薄赤く染めてしまう。

「いやかもしれないが、もう一度おまえを抱く必要がある」

「え……？」

あまりにも思いがけない言葉に、奏矢は呆然となった。

聞き間違いではない。クリスヴァルトは確かに、また自分を抱くと……！

奏矢は懸命に首を振った。

駄目だ。そんなのは耐えられない。だって、あの悪夢のせいで気づいてしまった。

クリスヴァルトを好きになってしまった。

でもクリスヴァルトが伴侶《はんりょ》に迎えるのは自分ではない。竜の歌姫となる天音だ。

自分はこんなにもクリスヴァルトを愛している。でもクリスヴァルトが自分を抱こうとするのは単なる義務と同情からだ。

「いやなのか？」

クリスヴァルトは甘く囁《ささや》いて、奏矢の後頭部に手をやった。

「俺は……」

「いやだと言っても駄目だ。おまえを抱く」

「や、あ……っ、んぅ」

静かに宣言されたと同時に、唇を塞《ふさ》がれた。

後頭部を引き寄せられると、口づけがよけいに深くなる。

ベッドの上に座り込んでいた奏矢は、どこにも逃げようがなかった。

それに、クリスヴァルトに口づけられただけで、身体が燃えるように熱くなる。

「んっ、……ん、くっ」

息が苦しくて喘《あえ》いだ隙に、するりと舌も滑り込まされた。

淫《みだ》らに絡《から》められると、もう抵抗するどころではない。キスの甘さだけに酔わされる。

駄目だこんなの……。だって、クリスヴァルト様は天音のものなのに……。

奏矢は必死に片割れの顔を思い出そうとしたが、それも口づけの気持ちよさに邪魔される。

「んぅ……ふ、んっ」

クリスヴァルトは巧みに舌を絡め、甘く吸い上げてくる。

それでも奏矢は最後の抵抗とばかり、クリスヴァルトの胸に両手を当てて押し返した。

だがクリスヴァルトはすかさず奏矢の手をつかみ、そのうえ肩も押さえてくる。

「ん、はっ」

口づけから解放された瞬間、奏矢はベッドの上に押し倒されていた。

「ソウヤ、やはりいやではないようだな」

クリスヴァルトがそう言って、珍しく青紫の目を細める。

「あっ」

見られていたのは下肢《かし》だった。

奏矢はかっと頬を染めた。今のキスだけで身体が熱くなってしまったのだ。最初から一糸もまとっていない状態では、その変化を隠しようがない。

「ち、違うから……っ、こ、これは、違……」

奏矢は泣きそうになりながら言い募った。

けれどもクリスヴァルトはそんな奏矢を宥めるように、張りつめたものに手を沿わせてくる。

「ああっ」

根元からそっとなぞり上げられただけで、そこはひときわ熱くそそり勃《た》った。

「こうして擦《こす》ると、気持ちがいいか、ソウヤ？」

「あっ、……ああっ」

言葉どおりに強弱をつけて擦られて、奏矢は大きく腰をよじった。クリスヴァルトの手の動きは予想もつかないほど巧みで、奏矢はあっという間に追い上げられる。

ましてクリスヴァルトを愛していると、はっきり自覚したばかりなのだ。

愛撫を拒むどころではなく、先端にはいやらしく蜜まで滲《にじ》んでくる。

「ソウヤ、おまえは本当に可愛い顔を見せるのだな……いつも利かん気に私を睨んでくるくせに、今は目を潤ませている。おまえのように甘い息をつく者を、私は他に知らない」

クリスヴァルトはいっそう奏矢の中心を煽《あお》りながら、甘い言葉を囁く。

そしてクリスヴァルトは下肢に添えた手をそのままに、逞しい上体を傾けてきた。

「あ……」

唇に掠《かす》めるようなキスを落とされる。

でも、奏矢が息をつく暇もなく、クリスヴァルトの唇は喉元へと滑っていった。

「んっ」

耳の下あたりの敏感な肌に唇を押しつけられると、びくりとなってしまう。

だが奏矢が震えた瞬間、クリスヴァルトは再び舌を滑らせていった。

「あ……あぁ……んっ」

クリスヴァルトの舌は乳首にまで到達し、片方がそっと吸い上げられる。

そんな真似をされてはたまらなかった。

胸は何故か快感に直結している。先端を唾液でたっぷり濡《ぬ》らされただけでも、痺《しび》れてしまうのに、ちゅっと吸われたり歯を立てられたりすると、もう我慢がきかなかった。

「やっ、ああ……っ」

奏矢はひときわ甘い声を上げながら、本能的に腰を突き上げた。

身体をよじってクリスヴァルトの口から逃げようとするが、彼の手はまだ中心をしっかりと握りしめている。胸の横に滑り落ちたのはペンダントだけだ。

クリスヴァルトは左右の乳首を舌で交互に弄《もてあそ》び、散々奏矢を喘がせてから、唐突に口を離した。

次にはもっと衝撃的なことが待っていた。

クリスヴァルトはさらに顔を下げ、いきなり奏矢の中心を口に含んできたのだ。

「そ、そんな……っ、だ、駄目……っ！」

奏矢は強烈な快感に襲われて、悲鳴を上げた。

口で咥《くわ》えられるなんて、信じられない。クリスヴァルトはエルフの王様なのに！

だが、いくら許されないことだと思っても、身体の反応は防げなかった。何よりも、温かく濡れた口の中は気持ちがよすぎて、どうにかなってしまいそうだ。

どんなにいけないと思っても、圧倒的な快感に負けてしまう。

「やっ、……ああっ、……あ、んっ」

奏矢は簡単に悦楽の虜《とりこ》となって、淫らな声を上げ続けるだけだった。

咥えられたままで舌を使われると、頭の芯に霞《かすみ》がかかる。先端の窪《くぼ》みを舌で探られると、もう欲望を吐き出さずにはいられなかった。

「だ、駄目……っ、も、もう、達《い》きそう……っ、や、放して……っ」

奏矢は必死に首を振って、限界を訴えた。

それでもクリスヴァルトの口淫《こういん》は止まらず、根元から解放を促すように吸い上げられる。

「やっ、あぁ……あ、あぁ……」

奏矢はか細い悲鳴を上げながら、噴き上げてしまった。

高貴なクリスヴァルトの口に、すべてを吐き出してしまう。

あまりの気持ちよさと、王を穢した罪深さで、どっと涙が溢れた。

奏矢が吐き出したものをすべてのみ込んだクリスヴァルトは、濡れた頰を優しく拭《ぬぐ》った。

「泣くほどいやだったのか？　気持ちよくはなかったのか？」

「だ、だって、あんなの……あ、あなたは、王様なのに……俺は、なんてこと……」

「そうだ。私は王だ。だが気にするな、ソウヤ。私がそうしたかっただけだ。それに、これで終わりではない。まだ続きがある」

「あ……っ」

言葉とともに、するりと後ろへと手を滑らされ、奏矢は息をのんだ。

濡れた手は簡単に恥ずかしい狭間《はざま》を探り当て、何度も窺《うかが》うように指で撫でられる。

「ソウヤ、うつ伏せになれ」

「や……」

慌てて拒否しようと思ったが、クリスヴァルトの手が腰にかかるほうが早かった。

奏矢は簡単にうつ伏せの体勢を取らされて、そのうえ腰だけを高く差し出すという恥ずかしい格好にさせられる。

奏矢は必死に逃げ出そうとしたけれど、腰をつかまれて動きを阻まれた。

クリスヴァルトは剝き出しの双丘《そうきゅう》を撫で回し、奏矢は身を震わせるだけになってしまう。

「きれいな肌だ。この前とは違って闇の痕《あと》は残っていない」

「そ、それじゃ、どうして俺を……っ」

奏矢は羞恥のあまり、涙を滲ませながらクリスヴァルトを振り返った。

美貌の王は、少し困ったように青紫の目を細める。

「私に化けたトラウゴットが夢に出てきたのだろう？　だから念のためだ。おまえには申し訳ないと思っているが……」

そう言われては、もう黙るしかなかった。

でも、胸の奥が斬《き》り裂かれたような痛みを訴える。

身体の表面に変化はなくとも、奏矢はまた悪夢にとらわれそうになった。だからレオノーラが言ったとおり、この身体の奥にはまだ闇の種が残っているのだろう。

それでもクリスヴァルトを好きだと気づいた今は、身体だけを繋げるのはつらかった。

いや、本当は違う。たとえクリスヴァルトの気持ちが自分の上になくても、抱かれるのは嬉しい。でも、身体を繋げてしまえば、もっと欲が出てしまう。

クリスヴァルトの心がほしいと願ってしまう。

どんなに好きでも、この人は天音のもの。クリスヴァルトは天音を伴侶にする人だ。

だからこそ、身体だけを結び合うのは悲しかった。

「ソウヤ、おまえにはひどいことを強《し》いていると思う。だが、おまえを放してやるわけにはいかない。だから我慢してくれ」

クリスヴァルトはいちだんと優しい声で言い、愛撫を再開した。

恥ずかしい窄《すぼ》まりに長い指が押し込まれ、ゆるゆると奥を搔き回される。

「あ、くっ」

特別敏感な部分を指の腹でくいっと抉《えぐ》られると、びくんと腰が揺れた。

放ったばかりの中心が、瞬く間に勃ち上がっていく。

淫らな自分の身体に、奏矢は身悶《みもだ》えるしかなかった。

クリスヴァルトは丁寧に後孔《こうこう》をほぐし、奏矢が我慢できなくなった頃に、滾《たぎ》ったものを擦りつけてくる。

「あ、ん」

熱いものに触れて、奏矢は思わず甘い喘ぎを漏らした。

そのせつな、さらに腰を引き寄せられて、硬い先端で狭い入り口をこじ開けられた。

「ソウヤ」

「ああっ……く、ううう」

初めて抱かれた時は朦朧《もうろう》としていたけれど、今は熱く張りつめたものに圧倒される。逞しいクリスヴァルトは敏感な壁を押し広げながら、みっしりと奥まで進んできた。

身体が割り開かれる感覚は耐えがたかったが、痛みよりもやはり喜びのほうが勝っている。

たっぷり時間をかけ、すべてを収めたクリスヴァルトが、奏矢の腰をかかえたままで、ゆっくりと腰を動かし始める。

クリスヴァルトは上着を脱いだだけで、ほとんど肌を見せていない。

それでも下肢だけはしっかりと一つに繋がっていた。

「あ、んっ……あぁ、……っ」

「ソウヤ、気持ちがいいか？」

クリスヴァルトは後ろからそっと奏矢の耳に口を近づけて囁く。

「やあ、……あっ、そこ……っ、や、あ……」

見つけ出された敏感な場所を硬い先端で抉られて、奏矢は思わず仰け反《のぞ》った。

その拍子に中のクリスヴァルトをぎゅっと締めつけてしまい、さらなる快感にとらわれる。

「ソウヤ、私にすべてを委ねて、もっともっと感じればいい」

「やっ、でも……俺は……っ」

「大丈夫だ。おまえは何も悪くない。だから、今だけはすべてを忘れていい」

甘い囁きに、奏矢は涙を溢れさせた。

クリスヴァルトに最奥を掻き回されると、強い悦楽に侵されて、心の奥にあった天音への罪の意識が薄れていく。抜き挿しをくり返されるたびに、熱く繋がったクリスヴァルトのことしか考えられなくなった。

もっと激しく抱いてほしい。何もかも忘れ、ただ抱かれる喜びに浸らせてほしい。

「ああっ、クリス、ヴァルト、様……っ、ああっ」

徐々に激しくなる動きに、奏矢は奔放《ほんぽう》に甘い声を上げ続けた。

そうして、最後には身体の奥を熱い飛沫《しぶき》で満たされる。

「可愛いソウヤ……」

「あ、あぁ……」

歓喜の極みで意識を飛ばしそうになりながら、奏矢は思っていた。

これで、穢れはなくなったのだろうか？

でも、クリスヴァルト様が抱いてくれるなら、穢れたままでもいいや……。

だって、穢れがなくなってしまえば、この人は天音の元に行ってしまう。

だから、ずっとこのままでもいい……。

7

クリスヴァルトに抱かれたあと、奏矢の扱いは一変することとなった。

最初にとおされた部屋ではなく、クリスヴァルトの豪奢な私室で寝泊まりするようにと命じられたのだ。

もともと奏矢には選択肢などない。だから言いなりになるしかなかった。

それでも王の部屋には大勢の従者や侍女が出入りする。彼らには、奏矢が王と同衾《どうきん》したことを知られてしまっただろうから、なんとなく居心地が悪かった。

クリスヴァルトが厳重に命じてくれたお陰で、奏矢はまるで王子か姫君のように世話を受けている。でも、こんなふうに立場が急変すると、逆に不安が増した。

奏矢がもっとも恐れたのは、天音に知れてしまうことだった。

双子の片割れに隠し事をするなど、この異世界に飛ばされてくるまでは考えられなかった。

しかも前回とは違って、闇に浸食されていたからという言い訳もあまり説得力がない。

竜の笛を吹いて無事にドラゴンが呼び出せれば……、クリスヴァルトがそのドラゴンを駆って闇の魔道士を滅ぼせれば……、そして、すべてが終わった暁《あかつき》には、天音はクリスヴァルトの伴侶となる。

天音は結婚などしないと、一度ははっきりと断った。

しかし、あれから何十日も経つ。今は気が変わって、クリスヴァルトのことを好きになっているかもしれない。だって天音はあんなにも王に尽くされているのだ。それに天音だって、クリスヴァルトに甘えるような顔も見せていた。

自分だって、最初はこんなふうにクリスヴァルトを好きになるとは思わなかった。だから、天音の心境に変化があったとしても、少しもおかしなことではない。

双子のせいか、昔からよく同じ人を好きになる傾向もあった。幼稚園の時に好きだった沙《さ》由《ゆ》紀《き》先生、それから小学校の時も同じ女の子を好きになったことがある。

だから天音も、クリスヴァルトを愛しているかもしれないのだ。

とにかく、いくら好きだと自覚しても、クリスヴァルトは最初から天音のもの。それだけは動かしがたい事実だ。

そして奏矢は弟も裏切っている。

だから、使用人の制服ではなく煌びやかな衣装をまとっていても、奏矢の鬱屈《うっくつ》した気持ちは晴れなかった。

それに、どんなに丁重な扱いを受けていても、この部屋から出ることは禁じられている。

あの灰色の牢獄にとらわれていたことを思えば、ここは天国だ。しかし、クリスヴァルトは朝、目覚めた時にはすでに部屋を出ていたし、一人で天音のところを訪ねていくわけにもいかなかった。

「はあ……」

奏矢は大きくため息をこぼしながら、窓の外を眺めていた。

この部屋は宮殿内でも高層階らしく、城下の様子を窺うことができた。昨日の騒ぎが嘘のように、通りには大勢の人々の姿がある。

人々が安心して出歩いているのは、光のエルフの王への信頼が大きいからだろう。クリスヴァルトはこの国の民にとって、本当によき王なのだ。

奏矢は窓辺から離れ、優美なデザインのカウチに腰かけた。

今日はいよいよ天音が竜の笛を吹くことになっているが、うまくいくのだろうか？ できればそばについていてやりたいけれど、レオノーラは許さないだろう。きっと、クリスヴァルトが自分をこの部屋に置いたことも、よく思っていないはずだ。

「失礼します。お茶を召し上がりますか？」

緑色のしゃれた上着を着た従者が声をかけてくるが、奏矢はゆっくり首を左右に振った。

「ありがとう。でも、今は何もほしくないです」

エルフの従者はすっと足音もなく部屋から出ていき、奏矢は再び一人きりになった。

背もたれに身体を預けて両目を閉じると、再び天音のことが気になってくる。

何かあれば知らせぐらいはくれるだろう。でも天音がドラゴンの呼び出しで、どれほどプレッシャーを感じているかと思うと、心配でたまらなかった。

「天音……頑張れ……」

奏矢がそう呟いた時だった。

両目を閉じていたはずなのに、いきなり視界が明るくなる。

まぶたの裏に映ったのは、かなりの高低差がある巨大な円筒形の空間だった。天井部分には覆いが何もなくて、壁は岩肌が剝き出しになっている。

その円筒の空間の中ほどに、神官みたいな白いローブを着た天音がいた。立っているのはおそらく透明な床なのだろう。そこには他に誰の姿もない。

天音は懸命に横笛を吹いていた。

冴《さ》え冴《ざ》えとした音があたりに響き渡っている。

だが、その物悲しい旋律を聴いたとたん、奏矢の心臓はドクンと大きく跳ね上がった。

反射的にカウチから立ち上がり、両目を開ける。

なのに、まぶたの裏にはまだ天音の姿が見えていた。

それに、何かに強く呼ばれている気もする。きっと天音が助けを求めているのだ。

直感した奏矢は、すかさず部屋の出口に走り寄った。

けれど、重厚な扉はぴったりと閉ざされ、押しても引いてもびくともしなかった。

「すみません！　ここ、開けてください！」

奏矢はドンドン扉を叩きながら、声を張り上げた。

そうしている間も、天音の映像が頭の中にある。飴色の細い横笛に唇を当て、天音は真剣に楽を奏でていた。その響きは涙が出そうなほど美しいのに、円筒形の空間にはなんの変化も起きない。

「ここ、開けて!」

頭の中の映像はますますくっきりと明確な像を結ぶ。岩壁に描かれているのは竜の紋様だった。翼を持ち、裂けた口から火を噴いている。

きっとこの空間こそが、竜を留めておくためのものなのだろう。

笛の音が響くなか、奏矢はようやくクリスヴァルトの姿を発見した。竜の紋様の真下あたりの壁際で、心配そうな表情で立っていた。天音を挟み、もう一方の端にはローブを着たレオノーラの姿もある。

天音は必死に笛を吹き続けていたが、そのうち徐々に顔色が青ざめていく。眼差《まなざ》しにも不安の色が濃く出ていた。

「天音! ここ開けて!」

奏矢は拳《こぶし》が痛くなるほど扉を叩き続けたが、答える者は誰もいなかった。

緊張のためか、それとも担った役目の重圧からか、天音の消耗は痛々しいほどだ。

「天音、もういい。もう笛を吹くのやめろよ。もう、そんなのいいから……っ」

奏矢はもどかしさのあまり、涙をこぼしながら呼びかけた。

けれども、その声は天音には届いていない。奏矢からは、こんなにはっきりとわかるのに、天音はこちらが見えていないのだ。

そうして、むなしく時間だけが過ぎ、唐突に笛の音が途絶える。

天音の唇が笛から離れ、細い身体がゆらりと傾いだ。

「天音！」

奏矢が叫んだ瞬間だった。

クリスヴァルトが信じられないスピードで走り寄って、倒れる寸前の天音を抱き留める。

気を失った天音は、クリスヴァルトに横抱きにされて、その空間から連れ出されていった。

そうして、頭の中を駆け巡っていた映像も、それきりで何も見えなくなる。

奏矢は力なく、ずるずると滑るように、その場にしゃがみ込んだ。

ドラゴンの呼び出しは、失敗したのだ。

†

その日の夜、遅くなってから私室に戻ってきたクリスヴァルトに、奏矢はさっそく問い質《ただ》した。

「天音は大丈夫だったのですか？　ドラゴン、呼び出せなかったんですよね？」

クリスヴァルトは相変わらず華麗な姿だが、表情にはいくぶん疲れが出ている。

「アマネなら大丈夫だ。姉上が診《み》ておられる。それに、おまえが言ったとおり、ドラゴンは顕現しなかった」

沈んだ声でそう答えたクリスヴァルトだが、そこでふと青紫の目を細める。

「ソウヤ、おまえはずっとこの部屋にいたはずなのに、どうして失敗したことがわかったのだ？」

「天音が笛を吹いているところが、頭の中に浮かんで……俺も何故かはわかりません。でも、天音が必死に笛を吹いてたのも、最後に力尽きて倒れたのも、あなたが飛び出していって天音を抱き上げたのも、全部見えました」

「おまえには水晶宮の仕掛けを動かす力はないはず……。魔道も使えない。なのに、何故そんなことが……」

「だから、俺にもどうしてなんだか、わかりませんてば！」

奏矢は我慢できずに苛立ちをぶつけた。

「ソウヤ、少し落ち着け」

クリスヴァルトは宥めるように、奏矢の肩に手を置いた。

「天音が大変なのに、落ち着いてなんかいられない。天音に会わせて！」

「駄目だ。それはできない」

「なんで……っ！」

奏矢は信じられずに目を見開いた。

クリスヴァルトは痛ましそうに見つめてくる。それでも許可してくれないのは明らかだった。

「どうして、天音に会っちゃいけないの？　お、俺が穢れてるから？」

そう訴えながら、奏矢は涙を溢れさせた。

「そうじゃない。だが、竜を呼び出すには万全を期す必要がある。万に一つといえど、危険を冒すわけにはいかないのだ」

クリスヴァルトは自分を傷つけないように言葉を選んでいるのだろう。それでも、自分の存在が天音の邪魔になっていると言われたも同然だった。

「俺たち双子なのに……どうして、こんな時に一緒にいちゃいけないんだよ……っ」

堪えようもなく涙を流すと、クリスヴァルトはそっと包み込むように抱きしめてきた。

「すまない……。だが、アマネも我慢しているのだ。だから、おまえも堪えてくれ」

クリスヴァルトの言葉が耳に達した瞬間、奏矢はとうとう声を上げて泣き始めた。

クリスヴァルトの胸にしがみついて、いつまでも泣き続ける。

エルフの王は辛抱強く抱きしめてくれていたが、奏矢は結局、天音に会うことはできなかったのだ。

†

翌日も、竜を呼び出す試みが行われた。

儀式の手順は前日と変わらず、天音は円筒形の空間に独りぼっちで立ち、竜の笛を吹き続ける。

そして奏矢もまた、昨日と同じようにその光景をクリスヴァルトの部屋で眺めていた。

どういう効果でそうなるのかはわからないが、奏矢は最初からすべてを見とおしていた。

天音は緊張で青ざめながらも、懸命に笛を吹いている。

けれども空から竜がやってくる気配は微塵《みじん》もなかった。

奏矢は部屋の中で立ちすくみ、ひたすら天音の様子を見守り続けた。部屋から出してくれと頼んでみたが、昨日と同じで誰も答えてくれない。

丁寧ではあるけれど、もともと従者や侍女は奏矢には余所余所《よそよそ》しい。王の命令だから仕方なく世話をしているにすぎないのだ。

笛の音は奏矢の心の奥底まで震わせるように、清冽《せいれつ》に響いてくる。

こんなに美しい旋律は、今まで聴いたことがなかった。せつなくて、胸が締めつけられたように苦しくなる。

「あ……あぁ………ぅ」

奏矢は笛の音に合わせ、呻くような呟きを漏らした。

天音が奏でるメロディに合わせて、ふいに何かを歌いたくなる。

竜はもうすぐやってくる。

だって、こんなにもきれいな音楽なら、誰だって心を奪われる。

だから竜だって、天音の笛に応えて絶対にやってくる。

そんな確信まで持ったほどだが、結局は何も起きないうちに天音の体力が尽きてしまった。

額に汗を浮かべ、蒼白《そうはく》な顔をした天音を、今日もクリスヴァルトが大切そうにしっかりと抱き上げる。

そうして、竜の呼び出しはまた失敗に終わったのだ。

儀式が終わると同時に、天音の映像が見えなくなったのも昨日と同じだった。

奏矢は惚《ほう》けたように床に蹲《うずくま》った。

しかし、それからまもなくのことだ。いきなり固く閉ざされていた扉が開いた。

現れたのはレオノーラとアロイスだった。

「おまえを即刻、水晶宮から追放する」

「！」

氷のように冷ややかに告げられて、奏矢は息をのんだ。

反射的に立ち上がると、アロイスがレオノーラを先導するように、室内へと入ってくる。

勢いに押され、奏矢は二歩、三歩と後ずさった。

アロイスには裸に剥かれたことがある。だから、どうしても恐怖を感じてしまう。

「アロイス卿、この者を即刻連れ出せ」

「はっ」

応じたアロイスは、すぐに距離を詰めてくる。

逃げ出す隙などどこにもなかった。いきなり腕をねじ上げられて、奏矢は悲鳴を上げた。

「痛っ！　は、放してください！　お、俺は、クリスヴァルト……、王様に言われてこの部屋にいるのに、どうしてこんな真似……っ」

必死に訴えても、アロイスは能面のような表情を崩さない。

そばに立つレオノーラも、冷酷そのものといったオーラを放っているのみだ。

「陛下はディーバのためにおまえを庇っておられる。しかし、もはやそのように悠長なことをしておる事態ではなくなった。ディーバが竜を呼び出せぬのは、おまえのせいだ。本来なら早々に始末すべきところだが、おまえにも温情ぐらいは与えよう。今すぐ命は取らぬ。アロイス卿、陛下にはのちほど妾より説明しよう。そなたはこの者を早く水晶宮から追い出せ。近くをうろつかせてもならぬ。できれば国外へ放逐するよう手配せよ」

「は、かしこまりました」

アロイスは短く言って、奏矢の腕を乱暴に引っ張った。

「いやだ！　俺はどこにも行かない！　天音のそばにいる！　必要以上に近づいてないんだから、いいだろう？　天音の邪魔してるなんて、そんなの知らない……っ」

奏矢は引きずられながらも、懸命に抵抗した。

「さあ、大人しくこっちへ来い」

体格のいいアロイスと小柄な奏矢では、最初から勝負にもならなかった。がっちり腕をからめ捕られ、奏矢は無理やり廊下に引き出されたのだ。

必死に抗っても無駄だった。奏矢にできたのは、大声で懇願することぐらいだった。

「お願いです！　邪魔なんてしないから、天音のそばにいさせてください！」

透明の廊下を歩かされている間中、奏矢は叫び続けた。

だが、その時、前方からいきなり凜とした声が響き渡る。

「これはいったいなんの騒ぎだ？」

ふいに姿を現したのは、クリスヴァルトだった。

奏矢はすかさず助けを求めた。

「クリスヴァルト様！　助けて！　俺は天音のそばにいたい！　外に追い出すなんて、やめさせてください！」

クリスヴァルトは目に見えて不機嫌な顔になる。

そしてアロイスを睨み、冷え冷えとした声を出した。

「アロイス卿、ソウヤをどこへ連れていく気だ？」

「レオノーラ様のご指示により、この者は宮殿から放逐します」

王の詰問に、アロイスは淡々と答える。

それを聞いたクリスヴァルトは、整った顔にさらに冷たい表情を張りつかせた。

「アロイス卿、そなたはエルフの魔道士に従う者か？　それとも、光のエルフの王たる、このクリスヴァルトに従う者か？」

「我は光のエルフの王たるクリスヴァルト様に従う騎士」

アロイスはよどみなく答え、無表情のままで奏矢の腕を離した。

クリスヴァルトはすかさず奏矢を自分のそばに引き寄せて、後方からやってきたレオノーラに向き合う。

「姉上、私に一言の相談もなく、何故このような真似をなされたのです？」

「決まっておろう。この者が儀式の邪魔になるゆえじゃ」

「しかし、この者を追放しては、アマネが悲しむ」

「王よ、大事なのは竜を呼び出すことじゃ。アマネは竜の歌姫。期待どおり、竜の笛を巧みに吹きこなしてくれておる。しかるに、ドラゴンは呼び声に応えぬ。これは邪魔をしておる者のせいじゃ」

レオノーラは一歩も引かぬ勢いで王に対峙《たいじ》している。

光の魔道士は王の姉。だから、王に対しても遠慮がないのだろう。

奏矢は二人の言い合いを見守っているしかなかった。

だが、その時、ふいに衝撃を感じて目を見開く。

「天音……そんな、無理だよ」

奏矢は呆然とした声を上げた。

「どうしたのだ？」

聞き咎《とが》めたクリスヴァルトが、すかさず訊ね返してくる。

しかし、奏矢はそれに答える前に、一目散に走り出していた。

「ソウヤ、待て！　どうしたというのだ？」

クリスヴァルトがあとを追ってくるが、奏矢は止まらずに駆け続けた。

迷路のような廊下だが、目的の場所はわかっている。そして不思議と、どうやってそこに辿り着くかもわかっていた。

「天音がまた笛を吹いてます！　もう、あのままじゃ倒れてしまう。なんとかして、止めさせなきゃ！」

奏矢は足を止めずに大声を発した。

「何が見えたのだ？　また天音の姿が見えたと言うのか？」

クリスヴァルトはすぐに奏矢に追いつき、ぐいっと腕をつかむ。

奏矢は振り向き様に叫んだ。

「だって、見えるんです！　天音が笛を吹いてるところ」

「ソウヤ、おまえは……」

クリスヴァルトは驚いたように言葉を切る。

その一瞬の隙に、奏矢はさっとつかまれていた手を振りほどいた。

身を翻《ひるがえ》し、全速力で駆け出す。そうして突き当たりで円板エレベーターに飛び乗った。

なんの案内もないけれど、行き先はわかっている。そこへ至るルートも何故か頭に入っていた。

クリスヴァルトはすぐにあとを追いかけてきたが、奏矢は最後まで捕まらずに円筒形の空間に辿り着いた。

「天音！」

中央でぐったり座り込んでいる天音に駆け寄った。

天音は蒼白な顔でなおも笛を吹こうとしている。

「天音、もういい！　もういいから！」

奏矢は叫びながら、天音の細い身体をぎゅっと抱きしめた。

もう穢れがどうのと、そんなことは気にしていられない。双子の片割れがこんなに消耗しているのに、放っておけるはずがなかった。

「奏矢……ぼく、一生懸命に笛を吹いてるんだけど……駄目、みたいだ……」

天音は虚《うつ》ろな目を向けてくる。

「天音……もういいから」

「でも、ぼくが頑張らないと、魔物が……」

「もうやめよう、天音。この世界のことなんて、どうでもいいだろ……っ」

奏矢はたまらなくなって、天音の身体を揺らした。

「ごめんね、奏矢……ぼく、もう疲れちゃったよ。少しの間でいいから、休んでもいい？」

「当たり前だ！　おまえはもうこんな真似しなくていいから……っ」

今までどれほどのプレッシャーに耐えてきたのだろう。

天音はいつだって気丈で、平気な顔を装ってきた。だけど、いきなり世界を救ってほしいなどと大それたことを頼まれて、普通の精神状態を保っていられるはずがなかったのだ。

そんなことにも気づいてやれず、自分はどこかで天音の立場を羨ましいと思っていた。

絶対に守ってやると思っていたのに、結局何もできなかったのだ。天音がこんなに苦しんでいるのに、なんの力にもなれない……。

奏矢は罪の意識に耐えられず、涙を溢れさせた。

天音は精も根も尽き果てたように、ぐったりと意識を失ってしまう。

奏矢がそんな天音を抱き、声を出して泣いていると、クリスヴァルトを先頭に、アロイスとレオノーラも追いついてくる。騒ぎを聞きつけたらしいエルヴィンとフロリアンまでが駆けつけてきた。

「なんということを……早くその者を離さねば」

レオノーラの呟きに、クリスヴァルトは毅然《きぜん》と異議を唱えた。

「姉上、この場は私にお任せください。どうか、お引き取りを」

言葉尻《じり》は丁寧だが、声には侵しがたい響きがある。

「そなたは……光の魔道士たるこの妾の言葉を信じぬのか?」

「姉上、この者らの言うとおりです。我らは我らの都合でこの者らに重荷を負わせていた。この者らにはなんの責任もないこと。それなのに、この者らに苦しみを押しつけていた」

「しかし、今やトラウゴットの影は世界を覆い尽くす勢いだ。このままドラゴンを呼び出せなければ、いかに光のエルフの国と言えど」

食い下がるレオノーラを、クリスヴァルトは手で制した。

「それ以上はおっしゃいますな、姉上。トラウゴットは我らの手で倒します。どのように時間がかかろうと、どのような苦難が伴おうと、いつか必ず倒してみせます。それこそが、我らが最初にすべきことだった。竜の力を当てにし、あまつさえ、その竜を呼び出すのに、異界から勝手にアマネとソウヤの兄弟を召喚した。この者らの怒りは当然のこと。我らには咎める権利などない」

クリスヴァルトはそう告げたあと、奏矢と天音に目を向けた。

「アマネ、ソウヤ、苦しい思いをさせて、すまなかった。そなたたちには心より詫《わ》びよう」

奏矢は信じられなくて目を見開いた。

クリスヴァルトはこの世界でもっとも高貴な王だ。なのにその王が自分たちに謝っている。

クリスヴァルトは天音を抱き上げるべく、床に片膝をついた。

「ソウヤ、アマネは私が抱いていこう。それでいいか？」

わざわざ許可を求められ、奏矢はさらに戸惑いを覚えた。

さっきまで怒りをぶつけるだけだったのに、こんなふうに下手に出られては、どうしていいかわからなくなる。

クリスヴァルトは天音を横抱きにして立ち上がった。

「さあ、部屋に連れていこう。ソウヤ、おまえも一緒に」

そう声をかけられて、奏矢はようやくほっと息をついた。

天音を抱いたクリスヴァルトは静かに歩を進めていく。奏矢もそのあとに続いたが、誰も咎める者はいなかった。擦れ違う時、レオノーラには睨まれたけれど、エルヴィンをはじめとする側近たちは、丁寧に頭を下げただけだ。

しかし、その時、慌ただしくその場に駆けつけてきた者がいる。

「申し上げます！　北の橋の結界が再び破られました！」

伝令の衛兵はクリスヴァルトの行き先を塞ぐように膝をつく。

再び魔物が襲ってきたのだ。

奏矢は蒼白になってクリスヴァルトを見上げた。

エルフの王は少しも揺るがず、そして後方を振り返りもせずに命じる。

「エルヴィン卿、フロリアン卿、アロイス卿、ただちに対処せよ。私もすぐに行く」

「御意」

「はっ」

王の命を受け、その場に集っていた側近たちは、ただちに走り出していく。

クリスヴァルトはそれを見届け、再び歩き出した。

†

天音をベッドに寝かせ、クリスヴァルトは奏矢に視線を向けた。

「ソウヤ、私はすぐに行かねばならぬ。アマネのことは頼んだぞ」

「はい……。でも、俺がそばにいてもいいんですか？」

心配になった奏矢が訊ねると、クリスヴァルトはふわりとした笑みを見せた。

「今になって何を言う？　おまえが言い出したことではないか」

「でも、俺の存在は竜を呼び出すのに邪魔なんでしょ？」

奏矢が力なく言うと、クリスヴァルトは大きな手でそっと頬に触れてきた。

体温を感じただけで、胸の奥が疼《うず》くように痛くなる。

エルフ族の期待を裏切るようなことを言ってしまったのに、クリスヴァルトの優しさは変わらなかった。

自分には彼を愛する資格がない。それでも溢れる想いは止めようがなかった。

「さっきのおまえの言葉は胸に突き刺さった。悪いのはおまえじゃない。我々のほうだ。もうドラゴンにはこだわるまい。おまえたちは、おまえたちの好きにしていい」

「だけど、ドラゴンがいなければ」

「おまえが心配することではない。これでも私はエルフの王だ。アルフヘイムを守る使命がある。魔物の数がどんなに多かろうと、この先何十年かかろうと、いずれはすべてを殲滅《せんめつ》してみせよう。だから、心配するな」

「…………」

やわらかな物言いだが、クリスヴァルトの決意はひしひしと伝わってきた。

「とりあえず、橋の様子を見てこなければならない。おまえはここにいろ。アマネのことは頼んだぞ?」

「……はい」

奏矢は頷くしかなかった。

もっと伝えたいことがたくさんある気がしたけれど、クリスヴァルトの邪魔はできない。

それに、今すぐに胸にある様々な思いを口にしろと言われても、無理な相談だった。

自分でも、あまりに色々ありすぎて、考えがまとまっていないのだから。

「では、またあとで会おう」

「はい、……クリスヴァルト様……」

奏矢はそう答え、長身の後ろ姿を見送った。

†

クリスヴァルトが出ていってからしばらくして、天音がようやく意識を取り戻した。

天蓋《てんがい》付きの豪奢なベッドに横たわった天音は、ひどく頼りなさそうに見える。

「奏矢……?」

「気がついた、天音?」

「ぼく、どうしたの? なんで奏矢がここにいるの?」

不安げな天音に、ベッド脇に跪《ひざまず》いた奏矢はにっこりと微笑んだ。

「おまえ、無理しすぎたから倒れたんだ。でも、大丈夫だよ。クリスヴァルト様が許してくれた。もうこれ以上は頑張らなくていいって。それに俺もそばにいていいってさ」

奏矢は天音の手を両手で包み込み、ことさら明るい声で説明した。

天音は驚いたように瞬《まばた》きをくり返す。

「でも、奏矢……なんでそんな急に変わったの？」

「俺も驚いたんだけどさ……」

奏矢は苦笑しながら、今までの経緯を話した。

説明を聞き終えた天音は眉根を寄せ、何事かをじっと考え込んでいる。

奏矢はそんな弟を眺めながらも、クリスヴァルトのことに意識を向けていた。

橋の結界が壊されたと報告がきてからずいぶん経つが、どうなったのだろうか？

まさか、クリスヴァルトに限って怪我などするはずがないと思うけれど、不安だった。

「奏矢、あのさ……問題点を考えてみたんだ。竜の笛ってさ、他の人が吹いても音が出ないんだって」

「えっ？」

あまりにも唐突な話に、奏矢はきょとんとなった。

どんな時にも冷静なのは天音らしいが、話の方向が予測できない。

「他の人が吹いても音が出ないのに、ぼくはあの笛を鳴らせた。それって、やっぱりぼくがドラゴンを呼び出す役目を担ってるってことだよね？」

「そう、だと思うけど」

「じゃあさ、なんでドラゴンが現れてくれないんだろ？」

天音はそこでまたふいに黙り込む。

結果はわかりきっていた。穢れた自分が天音のそばにいて、邪魔をしているのだ。できるだけ天音から離れていろと何度も警告されている。

「ええと……それって、俺のせいだろ？」

奏矢は自嘲《じちょう》気味に呟いた。

「でも、おかしいと思わない？　ぼくたち双子なのに、どうして奏矢が邪魔になるの？」

「今までおまえを怖がらせるかと思って、詳しくは言ってなかったけど、俺、今でも悪夢を見る。黒い霧の中から俺を呼ぶ声が聞こえるんだ。その黒い霧を最初に見たのは、俺たちがこの世界に飛ばされてきた直後だ。俺だけ森の偵察に行っただろ？　きっとあの時、俺に何か取り憑いたんじゃないかな。自分ではちゃんと逃げ出せたと思ってたけど、黒い霧に触ってしまったのかもしれない」

奏矢は一気に告白した。

クリスヴァルトにはなんとなく伝えてあったが、天音に詳しい説明をするのは初めてだ。

天音はベッドからゆっくり上体を起こし、琥珀色《こはくいろ》の瞳でじっと見つめてきた。

「だけど、問題はもっと前からあったと思う」

「問題って？」

「だってさ、クリスヴァルト様は、ぼくだけを召喚したって言ってた」

「うん、確かにそう言われた。俺の存在はこの世界にとってイレギュラーだった。だから、よけいに狙《ねら》われたのかも……」

「でも、それもおかしいと思う。闇の魔道士はどうして奏矢を狙うの？　奏矢を闇に取り込んで何か得になることある？」

思いもかけない問いだった。

双子の弟ながら、天音のものの考え方は自分とは大きく違う。だから、とっさには天音が何を問題視しているのか見当もつかなかった。

「普通なら、ドラゴンを呼び出せるぼくのほうを狙ってくると思わない？」

「えっ？」

意表を突く発言に、奏矢は目を見開いた。

「だから、ね……。奏矢が狙われるのはおかしいと思うんだ」

天音はそう力説するが、奏矢にはなんと答えていいかわからなかった。

けれども、その時ちょうど、侍女が来客だと告げにくる。

その相手がレオノーラだと知って、奏矢はすかさず身構えた。

白いローブをまとったレオノーラは、相変わらず能面のように無表情だ。そして年齢不詳の美しさも変わりなかった。

「天音に何か用ですか？」

レオノーラにいい印象を持っていない奏矢は、嚙みつくように問い質した。もちろん、天音のベッドから離れる気もない。

レオノーラは奏矢をさらりと無視して、天音に話しかけてきた。

「気分はいかがですか？」

「はい、大丈夫です。すみません、ご迷惑をおかけして」

殊勝に謝る天音に、奏矢はつい横から口を出した。

「天音が謝ることなんかないよ。いったい何をしに来られたんですか？」

レオノーラはちらりと奏矢に目をやって、ため息をつく。

「王が一度決定されたこと、妾にも反対はできない。ゆえに、そなたがここにいることも、咎める気はない」

「じゃあ、何をしに来たんですか？」

「奏矢、駄目だよ、そんなに突っかかっちゃ。ちゃんと話を聞こうよ」

天音に諭され、奏矢は仕方なく口を閉じた。

けれど、一瞬たりとも油断はすまいと、じっとレオノーラを見据える。

「クリスヴァルトは……我が弟は、エルフの力のみでトラウゴットに対すると宣言した。ゆえに、そなたにはもう竜を呼んでくれと強制するわけにはいかなくなった。王はまた、そなたたちを元の世界に帰すようにとも命じられた」

「えっ？」

思いがけない言葉に、奏矢は息をのんだ。

「ぼくたちを帰してくださるんですか？」

天音も重ねて訊ね返し、レオノーラが静かに頷く。

「王が下した決定ゆえな……。しかし、そなたたちには悪いが、事はそう簡単ではないのだ。二人一緒に送り帰すことは可能だが、成功するかどうかは五分五分といったところだろう」

「そんな……っ」

「奏矢」

可能性の低さを教えられ、奏矢と天音は思わず顔を見合わせた。

「もともと妾が呼び出したのは一人だけだ。ゆえに、一人だけ帰すなら、成功する可能性は高いのだが」

淡々と続けられ、奏矢はどうしていいかわからなかった。

だが、迷ったのは一瞬だ。

「それじゃ天音を今すぐ元の世界に帰してくださ い！」

「奏矢を帰してください！」

叫んだのはほぼ同時だった。

奏矢はキッと、片割れを睨んだ。

「天音、帰るのはおまえだ」

「駄目だよ、奏矢が帰らなきゃ」

「俺はいいから、天音が帰るべきだ」

「ぼくより奏矢だよ」

思うところは同じ。だから、言い合いは平行線のままで延々と続いた。

レオノーラはゆるりと首を振り、再び口を開く。

「どうするかは、そなたたちで決めればよい。だが、アマネ、そなたにはもう一度頼みたい」

「ドラゴンを呼び出す件ですね？」

「ああ、そうじゃ」

話があまり歓迎できない方向にそれ、奏矢は慌てた。

「待ってください。もう天音は無理しなくていいって」

「そうじゃ、王は確かにそう約した。だから、これは妾からの個人的な頼みだ。とにかく、いくら王に偉大な力があろうと、ドラゴン抜きでは闇の魔道士には勝てぬ」

はっきりと口にされ、奏矢はドキリとなった。

「クリスヴァルト……様が、負けてしまうと、そうおっしゃるのですか？」

焦り気味に訊ねると、レオノーラはあっさり頷く。

クリスヴァルトが負ける……あの高貴な王が闇に負ける？　あんなに強いのに？

そんなの信じられないし、絶対にあってはならないことだ。

でも、天音にもこれ以上の無理はさせられない。

出口のない迷路に追い込まれたようで、奏矢はぎりっと奥歯を噛みしめた。

「アマネ、ドラゴンのディーバよ。どうか頼む。もう一度、笛を吹いてくれぬか？」

尊大な態度を貫いていたレオノーラが、今は真摯《しんし》に頼んでいる。

天音がどう返事をするか、最初からわかっていた。そして、いくら止めても、天音が言うことをきかないことも。

「やってみます」

静かに答えた天音を、奏矢は目が痛くなるほどの勢いで見つめた。

「天音、また倒れてしまうかもしれないのに……」

「ぼくなら大丈夫。ちょっと疲れただけだし、少し休めばまた元気も出るから。それに、このアルフヘイムの世界を救えるのは、ぼくしかいないんでしょう？」

「ああ、そうじゃ」

レオノーラの答えを聞いて、天音はすっと視線を上げた。

「それなら、もう一度やってみます」

「天音……っ」

奏矢は思わず天音の腕をつかんだが、もう片割れの決意を翻すことはできなかった。

一度こうと決めたら、天音はとことん頑固になる。説得は不可能だろう。

奏矢は必死に考えた。天音の決意が変わらないなら、自分にできることはなんだろうか？

そして、その答えも最初からわかっていたことだった。

奏矢は天音からレオノーラへと視線を移した。

「一つ訊いていいですか？」

「なんだ？」

「天音がドラゴンを呼べないのは、やっぱり俺のせいですか？」

「………」

レオノーラは長い間沈黙を守った。

おそらくクリスヴァルトの命令に逆らうことになるからだろう。けれども決意を固めたらしく、おもむろに口を開く。

「今のそなたにはもう闇は見えぬ。今はむしろ〝光の気〟に包まれている。しかし、そなたにはおかしな磁力があって、そのせいでアマネの〝気〟が不安定になっているようだ」

「不安定？」

「そうだな、見ようによっては、そなたはアマネの持つ〝気〟を吸い取っているとも言える。そなたがそばにいれば、悪影響しか与えないということだ」

奏矢は呆然となった。

「奏矢がぼくに悪影響を与えるなんて、嘘でしょう？」

天音は泣きそうに抗議したが、レオノーラの表情は少しも変わらない。

〝闇の気〟がようやく消えたというのに、どうして自分は天音を助けられず、あまつさえ邪魔ばかりすることになるのだろう？

奏矢はあまりの情けなさにため息をついた。

これじゃいくらクリスヴァルトが庇ってくれても、どうしようもない。迷惑をかけるばかりだ。

とことん落ち込みそうになった時だ。

奏矢の脳裏に突然、そのクリスヴァルトの姿が映し出された。

「あ……っ」

天音の時と一緒で、頭の中の映像はやけにリアルだ。

湖に架けられた橋の上で、葦毛《あしげ》に騎乗したクリスヴァルトは懸命に長剣を振るっていた。

王の前後にはあのエルフの騎士たちも剣や槍《やり》を振るっている。

小型や中型の魔物たちは、瞬く間に餌食《えじき》になった。大型は一刀というわけにはいかず、二度、三度と剣が振るわれる。

それでも魔物の数は多すぎた。橋の上空にできた空間から、真っ黒な帯のように無数の魔物が襲ってくる。

「あ……あんなに……っ」

奏矢は思わず、呻き声を上げた。

目を見開き、両手をぎゅっと握りしめていると、レオノーラが怪訝《けげん》そうに青い目を細める。

「そなた……何を見ている？」

「あ、魔物が……クリスヴァルト様が、魔物を斬って……でも、あんな数ではとても防ぎきれない」

騎士たちの刃をくぐり抜けた魔物は、城下にも入り込んできた。もちろん城内でも要所要所に衛兵が詰めており、魔物の退治に当たっていた。だが圧倒的な数を誇る魔物は、市民たちにも次々と襲いかかっている。

旅の途中でも魔物に襲われたが、こんな数ではなかった。

これでは大勢の犠牲者が出てしまう。

奏矢は今初めて知った事の重大さにがっくり両膝をつき、小刻みに震えた。

「奏矢、どうしたの？」

「そなたには見えるのか？」

レオノーラの問いに奏矢はぎこちなく頷いた。

「……ドラゴンが来れば、あれを……あの魔物を、退治できるのですか？」

「そうだ。ドラゴンは圧倒的な〝光の気〟を発する。弱い魔物はその〝気〟を浴びただけで消滅すると伝えられている」

静かな言葉に、奏矢は唇を嚙みしめた。

やはり、ドラゴンの顕現は必要なことなのだ。どうして天音をあんなにも大切に扱うのか、ようやく納得のいく答えを得た気がする。

そして、天音が無事にドラゴンを呼ぶため、自分はここにいてはいけないことも……。

奏矢はこくりと喉を上下させ、双子の片割れに目をやった。

「天音、悪いけど、俺はしばらく遠くへ行ってるよ」

「奏矢？」

天音は心配そうに見つめ返してくる。

「天音は最後まで頑張ってみたいんだよな？」

奏矢が問うと、天音はこくりと頷く。

「それなら、俺は近くにいちゃいけない。だから、無事にドラゴンを呼べるまで、どこか遠くに行ってる」

「でも、奏矢一人でどこへ行く気？」

奏矢は宥めるように天音の腕に触れ、それからレオノーラに眼差しを向けた。

「俺は邪魔にならないところまで行きます。案内を頼めますか？」

「本当にそれでよいのか？」

「はい。……でも、首尾よくドラゴンが来てくれたら、また迎えにきてもらますか？」

「ああ、それは約束しよう。光のエルフは約束を守る。安心するがよい」

淡々とした答えを聞いて、奏矢はほっと息をついた。

「奏矢、でも、この城を離れるのは危険だよ？　奏矢が危ない目に遭うなんていやだ」

必死に訴える天音に、奏矢は微笑んだ。

「俺なら大丈夫。心配しなくていいから。天音だって大変なんだ。俺にも少しぐらいかっこいい役、やらせてくれよ」

「奏矢」

「大丈夫。うまくいったら、また会おう。そしてどっちが先に元の世界に戻るか、じゃんけんで決めよう」

天音は涙を溢れさせながら、抱きついてきた。

そして奏矢もまた双子の弟をしっかりと抱きしめ返した。

8

奏矢はレオノーラが手配したエルフの騎士十人に守られて、水晶宮をあとにした。

クリスヴァルトには内緒のことなので、魔物の襲撃を受けている場所から一番遠い橋をこっそり渡って森に出る。

一人で乗馬するのは初めてだが、慣れるまで、奏矢の馬の手綱《たづな》は横に並んだ騎士が持ってくれた。奏矢はただ馬の背で揺られているだけでよかった。

目的地はジークハルトが率いている軍だった。馬を飛ばして三日の距離に陣を敷いているという話だ。空中から忽然《こつぜん》と現れる魔物の他にも、大地を移動してくる群がいる。ジークハルトの軍は、その魔物の群を追い払うために進軍しているのだという話だった。

魔物はどこにでも襲来する。だから水晶宮以外の場所に隠れていても同じこと。むしろ奏矢は大軍の真ん中にいたほうが安全だろうとの判断だった。他にも軍はあるそうだが、ジークハルトの軍を選んでくれたのは、レオノーラなりに配慮してくれた結果だろう。

十人の騎士たちは皆、寡黙で粛々と任務を全うしている感じだった。よけいなことはいっさい言わないが、それは奏矢を嫌悪してのことではないと肌で感じる。

昼のうちに飛ばせるだけ馬を飛ばし、夜間は寝袋にくるまって眠る。でも奏矢以外の騎士たちは交代で、夜どおし見張りに立っている様子だった。

一日目は何事もなく終わり、二日目も無事に過ぎた。

だが、三日目になって、いきなり魔物の群に遭遇する。

エルフの騎士たちは、奏矢を中心にさっと円陣を組んだ。奏矢自身も剣を持たされていたが、木刀とは重みからして違う。ぶっつけ本番でうまく扱えるとは思えない。

奏矢は恐怖で背筋を凍りつかせながらも、必死に悲鳴を上げるのを堪えた。

クリスヴァルトはあんなにも雄々《おお》しく戦っていた。天音だって懸命に竜の笛を吹いていた。

自分だけが何もせずに手をこまねているわけにはいかない。

「く、来るなら来い！」

奏矢は恐怖を振り払うために、威勢よく叫んだ。

エルフたちは手練《てだ》れ揃いで、次々に魔物を屠っていく。奏矢は怖さを堪えながら、魔物の動きを目で追った。

オタマジャクシのお化けは移動スピードが速いわりに、動き方は単純だ。巨大昆虫タイプも真《ま》っ直《す》ぐ向かってくるだけで意外と小回りはきかない。動きをうまく先読みすれば、なんとか撃退することができた。

だが、魔物は圧倒的な数で、十人の騎士たちは徐々に劣勢に追い込まれる。傷を負う者が出始めて、状況は最悪となった。

「ソウヤ様、ここは我らが食い止めます。あなたは先にお逃げください！」

騎士の一人にそう声をかけられて、奏矢はすくんだ。

「で、でも……っ」

「この数を殲滅するには時間がかかります。あなたを庇っている余裕もない。だから、早く逃げてください！　ここから真っ直ぐ西に向かうんです。我々もすぐにあとを追いかけますから。さあ、行ってください！」

騎士はそう言って、いきなり奏矢の馬の尻を叩いた。

「あっ！」

振り落とされないようにするのが精一杯だった。

奏矢は猛スピードで走り出した馬に必死でしがみついた。背後を振り返る余裕などない。

馬は奏矢のことなど気にもかけず、勝手に突っ走っていく。

「ちょっと、止まってよ。もう息ができないよ」

身体中が痛み、我慢できずに弱音を吐いた頃、ようやく馬が足を止めた。

馬だって、そう長くは全力疾走できないのだろう。

奏矢はなんとか馬の背から下りて、後方の様子を見た。

まだ誰も追いかけてこないが、魔物の姿もない。

見渡す限りどこまでも草原が続き、近くに小川が流れている。馬は勝手にそこまで行って水を飲み始めた。

真っ直ぐ西へ行けと言われたが、方向は合っているのだろうか。最初の旅ではしばらくの間、国境の山脈が見えていたけれど、今は目印になるようなものはない。当てにできるのは太陽だけだ。

とりあえず、この世界でも太陽は一つだけ。そして東から上って西に沈む。

喉の渇きを覚えた奏矢は、馬の隣にしゃがみ、小川の水を両手ですくった。汚染など気にしなくてよさそうなのは助かる。

ごくごく水を飲み、一息ついた奏矢は、栗毛《くりげ》の馬の様子を見た。

けっこう汗を掻いているが、もっと走ってくれるのだろうか？

「なあ、もう少し頑張れるか？」

奏矢は馬の首筋を優しく叩き、そう訊ねた。

名前も知らないけれど、賢そうな茶色の目をしている。馬は、大丈夫だとでも言うように、ブヒンと鼻を鳴らした。

それを聞いて、緊張がほぐれる。

指示どおり、もう少し西に向かって進もう。

そう思った奏矢は、鐙《あぶみ》に足をかけて、必死に馬の背によじ登った。

「さあ、頼むから、もう少し進んでくれな」

宥めるように言って、足で軽く馬の腹を押す。

幸い、馬のほうが何もかも心得てくれていて、無事に走り出すことができた。

†

奏矢はその後、日が暮れるまで西へと向かった。

だが、あたりが薄暗くなっても、エルフの騎士たちが追いついてくる気配はない。それに、ジークハルトが率いている軍にも出会わなかった。

心細くて仕方なかったが、奏矢は一人で野営する決意をした。馬だって休ませてやらないといけないし、自分ももう筋肉痛で身体がばらばらになりそうだ。

馬には寝袋と食料も少し積んである。その荷物を下ろして、野営の準備を始めた。

身軽になった馬は、さっそく近くの草を食べている。奏矢はそのすぐそばで腰を下ろし、干した果物を囓《かじ》りつつ、革製の水筒に詰めてあったハーブティーで喉を潤した。

頭上を仰ぐと、満天の星空だ。

恐ろしいほどきれいだけれど、知っている星座はない。

やはりここは異世界で、自分は独りぼっちなのだということをひしひしと肌で感じた。

奏矢は寂しさを紛らわせるために、天音の顔を思い浮かべた。

自分がいなくなって、天音は無事にドラゴンを呼び出せただろうか？　クリスヴァルトにも何も言わずに水晶宮を出てきてしまった。事情は説明してもらっているはずだが、挨拶もできなかったことが悔やまれる。

また絶対に会えると思う。だから、何もかもうまくいったら、まとめて御礼を言えばいいだけだ。

そうは思っても、胸にぽかりと穴が空いたように寂しかった。

いくら好きになっても、クリスヴァルトは遠い人だ。自分を優しく抱いてくれたのだって、責任を感じてのことだ。自分を好きになってくれたわけじゃない。

「はあ……もう……俺、うじうじするの、いやなんだけどな……」

ぽつりと呟き、膝に顎を乗せる。

肌寒くなってきたけれど、寝袋に入って寝るのは怖かった。眠ってしまうと、また悪夢を見るかもしれない。

気持ちを強く持っていれば、悪夢なんて撃退できるはず。クリスヴァルトのそばを離れ、水晶宮を出てきた時は、そう思っていたのだけれど……。

「はあ……やっぱり、一人は寂しいな……」

奏矢がそう弱音を吐いた時だった。

「おまえは寂しいのか？」

いきなりそんな声が聞こえ、奏矢ははっと顔を上げた。

いつの間に近づいていたのか、そこには長身の人影があった。

「だ、誰？」

奏矢は反射的に剣をつかんで立ち上がった。

男は黒のフードを目深《まぶか》に被《かぶ》っている。そのフードから覗く耳は尖っていた。エルフの仲間だということは確かだ。

「おまえを迎えに来た」

「俺を？」

奏矢は辛《かろ》うじて問い返した。

ジークハルトの軍の者だろうか？　それとも一緒に水晶宮を出た騎士たちの仲間？

しかし、黒のローブは騎士の格好ではない。

「そうだ。おまえを迎えに来た。ずっと呼んでいたのに、気づかなかったのか？」

「俺を呼んでいた？」

男の物言いはやわらかで、決して脅されているわけではない。

心臓はうるさいほど音を立てていたが、奏矢は懸命に平静を保った。

「おまえに歌を歌ってもらいたい。歌えるだろう？」

「歌？」

男の言葉は脈絡がなさすぎて、理解するのが難しい。

首を傾げると、男はすっと一歩近づいてきた。奏矢は反射的に一歩下がったが、男は両手を広げただけだ。

「ドラゴンを目覚めさせる歌。おまえなら歌えるはずだ」

「ドラゴンを目覚めさせる歌？　それって笛を吹くってこと？」

「いいや、違う。歌だ。ドラゴンを目覚めさせる歌は、おまえにしか歌えない。だから、歌ってくれ」

男はそう言って、さらに一歩近づいてきた。

奏矢はその分後ろに下がり、それでも逃げ出すことはできなかった。

怖いのに、この男には初めて会った気がしない。

そして、男がさっとフードを払い除《の》けた時、その理由が明らかになった。

「あ……」

男はクリスヴァルトにそっくりの顔立ちだった。

ちょうど昇り始めた月の明かりが、白く整った顔を照らし出す。

エルフは皆、美形揃いだが、これほどクリスヴァルトに目鼻立ちが似ている者を見たのは初めてだ。

けれども、クリスヴァルトとは決定的な違いもある。

この男には近づきたくない。何故かそう感じてしまう。

「さあ、ソウヤ、私と一緒に来るんだ」

「あ、あなたは誰？　どうして、俺の名前を知ってるの？」

「ソウヤ、おまえは最初から私のものだ。だから一緒に来るんだ」

「いやだ！」

奏矢はとっさに逃げ出そうと、身を翻した。

だが、男の動きのほうが一瞬早く、ぐいっと手首をつかまれる。

「いやだ、放せよ！」

奏矢は必死に手を振り払ったが、その時はもう男に抱きすくめられていた。

「やっと手に入れた。ドラゴンのディーバ。おまえは我のものだ。さあ、我のために歌え。ドラゴンを目覚めさせる歌を」

男は一変して、酷薄な雰囲気になる。

顔立ちが整っている分、笑んだ顔はよけいに冷酷に見えた。

奏矢は恐怖で身をよじったが、男の腕は鋼《はがね》のようにびくともしない。

「放せよ！　俺はそんなんじゃない！　歌なんて知らない！　何間違えてるんだよ」

「いいや、おまえだ。光のエルフは真の魔道を失って久しい。せっかく竜の歌姫を召喚したにもかかわらず、我がかけた〝惑いの気〟で、おまえの真の姿を見誤った。ふん、光のエルフの魔道も落ちたものよ」

「ど、どういうこと……？」

男の言葉はでたらめとは思えなかった。

「光のエルフが歌姫を召喚することを知って、我はそれを掠め盗《と》ることにした。今までずいぶんと苦労したが、ようやくおまえを手に入れることができた」

奏矢はいやな予感で身を震わせた。

だが、確かめずにはいられない。

「あ、あなたはいったい……？」

「くく……、我の名か？　我はトラウゴットと呼ばれている」

「！」

奏矢は恐怖で目を見開いた。

トラウゴットは悪の根源の名。それがとうとう姿を現したのだ。

悪夢を見るたびに、手を伸ばしていたのはこの男だ。最初に入り込んだ森にも、この男がいた。実体ではないかもしれないが、この男は結界で守られた水晶宮にも現れた。

「さあ、ディーバよ。歌え」

トラウゴットは奏矢の腰をつかみ、もう片方の手で頬をなぞり上げてくる。

その感触のおぞましさに、奏矢は声もなく凍りついた。

早く逃げないと！

でも、どうやって？

今まではクリスヴァルトが守ってくれていた。この男が夢で近づいてくるたびに、クリスヴァルトが追い払ってくれていたのだ。

でも、今はそのクリスヴァルトがいない。草原のど真ん中で、自分は一人きりだった。

「おまえは王に抱かれたな？　おまえの身体からぷんぷん匂うぞ。だが、そのいやな匂いはすぐに消してやろう。我のためにドラゴンを呼ぶ歌を歌え。さすれば、そのあといくらでも抱いて可愛がってやろう」

トラウゴットは奏矢をいっそう引き寄せ、まるで味見でもするかのように頬を舐める。いやらしく舌を這《は》わされ、奏矢は懸命に顔をそむけた。

「いや、だっ！」

「我のものになれば、この世では味わえぬ快楽を得られるぞ。おまえの身体の隅々にまで、悦楽の種を植え付けてやろう」

「いやだ！　放せっ！」

「我に逆らうとは許せぬ所業。それなら、先におまえを我がものとしてしまうか。一度抱いてしまえば、もはや逆らうこともなかろう」

トラウゴットは勝手なことを言い、ますます奏矢を強く抱きすくめてきた。

「やだ！」

唇を押しつけられそうになり、必死に抗う。

だがその反動で、逆に草原に押し倒されてしまった。

「ああっ」

上からのしかかってくるトラウゴットに、奏矢は懸命に両手を振り回した。

だが、簡単に両手をつかまれて、拘束される。

そのうえトラウゴットは手も触れずに奏矢の服を脱がせ始めた。

軍服のボタンが音もなく外れ、シャツもするりと浮かぶようにはだけられる。脚衣も同じだった。ベルトがいつの間にかゆるみ、ずるずると足元まで下げられてしまう。

「やめろよ！」

いくら叫んでも、トラウゴットの魔道は止まらない。

「くくく……若い肌はいい。抵抗するのを押さえつけて事に及ぶのも一興」

トラウゴットは含み笑いながら、奏矢から手を離した。

しかし、奏矢の両腕は見えない鎖で縫い止められたかのように動かなかった。

「さて、味見をさせてもらうとするか」

「やめろよ……」

奏矢は弱々しく頼んだが、顔をそむけるのがせいぜいで、両手どころか下肢もまったく動かせなくなっていた。

動かない身体にトラウゴットの手が伸ばされる。

剝き出しになった胸を撫でられ、乳首をきゅっとつままれた。そのうえ、トラウゴットはそこに唇も当ててくる。

あまりのおぞましさで奏矢は、どっと涙をこぼした。そして無我夢中で、ここにはいないクリスヴァルトに助けを求める。

「いやだっ！　助けて！　クリスヴァルト様……っ！」

それでもトラウゴットの舌が肌をなぞる。

まるで蛇《へび》が身体の上を這っているようで、気持ちが悪かった。

けれど、どんなにいやだと思っても、抵抗するすべがない。

乳首を散々舐められて、それからいやらしい舌がさらに下降していく。腹を這い、臍《へそ》も舐められて、もっと下へと舌が進む。

このままでは無防備にさらしている中心にまで届いてしまう。

「やあ、……っ、クリス、ヴァルト……様……」

奏矢は全身を突っ張らせながら、ここにはいない王の名を呼んだ。

だが、その時、何故かトラウゴットの動きが止まる。

次の瞬間、響き渡った声があった。

「私のものに触れることは許さん！　トラウゴット、ソウヤから離れろ！」

「！」

奏矢は信じられなくて、目を見開いた。

ここにはいるはずのない人の声。でも、幻聴ではない。

懸命に頭を動かすと、ようやく葦毛の馬に騎乗した男の姿が目に入る。

やはりクリスヴァルトだった。

トラウゴットはさっと奏矢から身を退《ひ》き、クリスヴァルトに向かった。

「いいところで邪魔をしてくれる。供も連れずに一人で取り戻しにきたか」

「その者を返せ。ソウヤは私のものだ。触れることは許さん」

クリスヴァルトはさっと馬から飛び下り、奏矢の元へとやってきた。

「クリスヴァルト……様……」

奏矢は必死に身を起こし、クリスヴァルトに抱きついた。

「ソウヤ、助けにくるのが遅くなって、すまなかった」

クリスヴァルトはそう言って、しっかり抱き留めてくれる。

奏矢は何も言えなくなって、涙を溢れさせた。

「光のエルフの王よ、おまえはにもう一人、別の者がいるだろう？　花嫁を二人も同時に手に入れようとは、欲ばりすぎるのではないか？」

トラウゴットは嘲《あざけ》るように訊ねる。

「ディーバはもちろん大切だ。国中の者が守るだろう。だがソウヤは私にとって特別な者。ソウヤを守るのは私だけだ」

クリスヴァルトは堂々と言ってのけ、それからゆっくりと、見せつけるように奏矢の着衣の乱れを直した。

トラウゴットはくくくっと笑い出す。

「真実を知りもせずに、本物を取るか……。なるほど、それでこそ光のエルフの王というもの……くくくっ」

「いったいなんの話だ?」

「いずれにしても、おまえとは、今、この場で決着をつけたほうがよさそうだ」

「望むところだ、トラウゴット。覚悟するがいい。貴様をこの場で倒し、アルフヘイムから闇を払ってやる」

クリスヴァルトは静かに宣言し、奏矢をそっと背後に押しやった。

そして腰の長剣に手をかける。

「クリスヴァルト様……っ」

「ソウヤ、大丈夫だ。心配するな。おまえだけは絶対に傷つけさせない。巻き込まれないように少し下がっていなさい」

クリスヴァルトは振り向きもせずに命じる。

本当は心配でたまらなかった。あれだけ恐れられていた闇の魔道士だ。いくら王が強くても、一人で戦うのは危険すぎる。

それでも、奏矢は懸命に口にした。

「クリスヴァルト様、俺なら大丈夫です。だから、存分に戦ってください！」

そして、奏矢の言葉が終わったと同時に、激しい戦いが始まった。

トラウゴットが天に指先を向けると、星空に真っ黒な穴が開く。そこからうじゃうじゃと黒い魔物が湧き出してきた。

クリスヴァルトは目にも止まらぬ速さで剣を振るい、次々にその魔物を斬り伏せていく。

だが、いくら剣を振るっても、トラウゴットが作った穴からは、無数に魔物が落ちてくる。

クリスヴァルトはあっという間に、黒い魔物が作る壁に取り囲まれてしまった。

「クリスヴァルト様！」

奏矢が思わず叫んだ瞬間、クリスヴァルトは長剣を振り上げながら大地を蹴った。

魔物の壁を越える見事な跳躍で、長剣の先がトラウゴットに届く。

「グエッ！」

腕を斬られたトラウゴットは、気味の悪い呻きを上げた。

噴き出した血は真っ黒だった。

しかし、傷つけられたトラウゴットは、いよいよ本領発揮とばかりに魔道を使い始めた。天で雷鳴が轟き、無数の稲妻がクリスヴァルトに襲いかかった。次には竜巻まで起きて、クリスヴァルトをのみ込もうとする。その合間にも黒い魔物の大軍が襲いかかってくる。

「クリスヴァルト様！」

劣勢は明らかだった。

トラウゴットは卑怯《ひきょう》にも、空中に待避して攻撃を避《さ》けている。長剣だけで戦うクリスヴァルトは、トラウゴットに傷さえつけられなくなった。

駄目だ！　このままじゃ、クリスヴァルト様が負けてしまう！

そんなの、いやだ！

クリスヴァルト様！

その時、ふいに頭の中で鳴り響いた音があった。

天音が必死に笛で吹いていた旋律だ。

奏矢は無意識に、その旋律を歌い出していた。

「……竜よ、眠りから覚めておくれ……古《いにしえ》よりの友よ、目覚めておくれ……光を取り戻すのに力を貸してほしい……竜よ、あなたの友はここにいる。だから、竜よ、眠りから覚めて、助けてほしい。私の愛する人と愛する国を救うために……」

口をついて出たのは、まったく知らない歌詞だ。

けれども不思議なことに、次から次へと言葉が思い浮かぶ。

奏矢はいつの間にか、声を張り上げ歌っていた。

ドラゴンを眠りから目覚めさせるための歌を、高らかに歌い上げる。

と、魔物だらけで星も月も見えなくなっていた暗い空の一画で異変が起きた。

突然真っ白な光が射し、その光の中から何かが矢のような勢いで飛んでくる。

近くまで来たその巨大な物体は、金色のドラゴンだった！

全身を覆う金の鱗《うろこ》。長い尾と翼を持つ、金の竜。

奏矢はその雄々しい姿に、歌うことも忘れて見惚れた。

本当にいたのだ。伝説の竜が！

ドラゴンが現れただけで、空を真っ黒に覆い尽くしていた魔物のほとんどが消え失せた。

ドラゴンが発する〝光の気〟に耐えきれず、パンと弾《はじ》けるように粉々になってしまう。

「ソウヤ、早くこっちへ！」

クリスヴァルトに呼ばれ、奏矢ははっと我に返った。

見れば、空から下り立ったドラゴンが、クリスヴァルトのそばに巨体を寄せている。

奏矢が走っていくと、クリスヴァルトはすぐさま手を伸ばしてきた。

「えっ、ああっ！」

腰をつかまれた瞬間、身体がふわりと浮き上がる。

続けてクリスヴァルトも力強く大地を蹴って、ドラゴンの背に飛び乗った。

「さあ、ソウヤ。行くぞ」

「はい」

鞍《くら》も鐙《あぶみ》もない竜の背中だが、鱗の一部が盛り上がり、つかめるようになっている。それに、クリスヴァルトが後ろからしっかり抱いていてくれたので、少しも不安を感じなかった。

「天翔《あまかけ》る金の竜よ、我はディーバとともに戦う者。アルフヘイムから闇を払うため、おまえの力を貸してくれ」

光のエルフの王が朗々と声を響かせる。

ドラゴンはそれに答えるように、すっと翼を広げ飛翔《ひしょう》し始めた。

目指すは空中に浮かぶ闇の魔道士だ。

金の竜は瞬く間に高度を上げ、王と奏矢は、悪鬼のように顔を歪ませたトラウゴットと間近に対峙することとなった。

「くそっ、忌々しい竜め！　今少しのところだったのに！」

闇の魔道士は憎々しげに喚《わめ》いて手を振るが、新たな魔物が出現することはない。

ドラゴンを味方につけた今、トラウゴットが繰り出す闇の魔道はことごとく効き目を失ったのだ。

「トラウゴット、これで仕舞いだ。おまえは闇に戻るのだ。消えされ！」

クリスヴァルトは声を張り上げながら、悪足掻きを続ける魔道士に斬りつける。

胸を斜めに裂かれたトラウゴットは、大量の黒い血を撒《ま》き散らしながら仰け反った。

「グゥハッ！」

致命傷を負い、手足がびくびく痙攣《けいれん》する。

クリスヴァルトは止めとばかりに、もう一度長剣を横に払う。

「グゥッ……お、おのれ……」

トラウゴットは苦しげに呻き、恐ろしい形相でこちらを睨む。

だが最後には、魔物と同じように黒い霧となって消え去った。

「やっと終わったか」

クリスヴァルトは深く息をつき、長剣を鞘《さや》に収める。

「……本当に？　これで、ほんとに終わったのですか？」

あまりにあっけない結末が信じられず、奏矢は震え声で訊ねた。

「トラウゴットは闇に戻った。これで最大の危機は回避できた。本体はいまだ地底で生き続けているかもしれないが、充分に打撃を与えた。今はもう、地上に出てくるだけの力を残していないはずだ」

力強い説明を聞いて、奏矢はようやく肩の力を抜いた。

すべてが終わり、ドラゴンはゆっくり降下して大地に着地する。

そのドラゴンの背から下り、クリスヴァルトはしっかりと奏矢を抱き寄せた。

「ソウヤ、我が命……。おまえのお陰でアルフヘイムは救われた」

「クリスヴァルト様……」

奏矢は胸がいっぱいで、他にはもう何も言えなかった。

だが、クリスヴァルトはさらにきつく奏矢を抱きしめ、青紫の瞳で食い入るように見つめてくる。

光のエルフの王は、星空の下でも高貴な輝きを放っていた。それに比べ、ぼろぼろになった自分の格好が急に恥ずかしくなる。

けれどもクリスヴァルトはそんなことにはいっさい構わず、真摯な眼差しを向けてきた。

「おまえが水晶宮を出ていったと知らされて、私は自分の命が削られたように感じた。ソウヤ、もう二度と私のそばを離れないでくれ」

「クリスヴァルト様？」

奏矢は信じられない思いで、クリスヴァルトを見上げた。

こんなに情熱的な瞳のクリスヴァルトは初めてだ。それに、まるで愛の告白をしているかのような言葉……。

ううん、期待するのはやめよう。

身の程知らずに勝手に期待して、その期待が裏切られたら、絶対に立ち直れない。

王は天音に約束したから、自分を助けにきてくれただけだ。

そう思ったら、胸が抉られたように痛くなる。これ以上、クリスヴァルトを見ていることに耐えられなくなり、奏矢はそっとまぶたを閉じた。

だが、その時ふいに顎に手を掛けられて上向かされる。

次の瞬間、狂おしく唇を塞がれた。

「んん……っ」

何もかも奪い尽くすような口づけに、思わず甘い呻きが漏れる。

こんなに激しいキスは初めてだ。奏矢は何も考えられなくなり、ただ愛する人にしがみついて口づけを受けるだけだった。

9

光のエルフの王国――そこには本当に美しい世界が広がっていた。

平地は一面が豊かな緑に覆われ、晴れ渡った空を映した湖や、こんもりと繁った森も点在している。遥《はる》か彼方の二方向に雪を戴《いただ》いた山脈が走り、その合間を縫って水量豊かな川が流れていた。

金の竜の背に乗り風を切って進む心地よさは、高所にある恐怖を上まわる。

しかも奏矢は、エルフの王にしっかりと背中から抱かれているのだ。目が回るほど高い場所を、たとえどんなに速く進もうとも、落ちてしまう心配だけは皆無だった。

頭部から長い尾の先までびっしりと金の鱗で覆われたドラゴンは、光のエルフの王クリスヴァルトを、自らを駆る者と見定め、しっかりと意思を通わせているらしい。

王が何も口にせずとも行き先を心得え、青い空を疾駆《しっく》する。

そうして奏矢は、眼下の素晴らしい景色を心ゆくまで堪能《たんのう》するだけだった。

人口が少ないせいか、大きな街というのは見当たらず、その代わり、ところどころに尖塔《せんとう》のある建物を中心とした村落があった。時折、破壊の爪痕《つめあと》が残る村も見かけたが、動き回っている魔物の姿はない。

そのうち王の駆るドラゴンが、ふいに降下を始める。大地に稲妻が突き刺さるかのような勢いに、奏矢は身をすくめた。

でも、次の瞬間視界に入った者の姿に思わず大きく声を上げる。

「あっ、ジークだ！」

ドラゴンが向かったのは、魔物との戦いの場だった。

武装した人間族、弓を背負ったエルフ族の戦士、それにもっと荒々しい雰囲気の男たちが、総勢で千人ほど固まって、うじゃうじゃ地を這う魔物の群と戦い続けている。

その先頭で馬に乗り、長剣を振るっているのは、ジークハルトだった。

奏矢の元に現れた闇の魔導士は、粉々の黒い霧となって消え失せた。しかし、地上にはまだ多くの魔物が徘徊《はいかい》している。ジークハルトの率いる軍は、その魔物の一群の掃討にかかっているのだ。

魔物の群は黒い帯のように続いていた。まるで緑の大地を引き裂いて、蛇行しながら流れていく真っ黒な川だ。

いくらジークハルトが強くても、あんなに数を相手に、どうするのだろう。

奏矢は不安に思ったが、背後からクリスヴァルトの声が響く。

「皆、同じような格好をしているのに、あれがジークハルトだと、よくわかったな？」

「え、だって、ジークは強くて目立つもの。すぐにわかりますよ？」

奏矢は何気なく振り返って答えた。

だがちらりと目にしたクリスヴァルトは、いつにも増して難しい顔をしている。

「ジークハルトにおまえの世話をさせたのは間違っていたか……」

「え？」

くぐもった呟きに、奏矢は首を傾げた。

しかし、そのせつな、ドラゴンがいきなり地面すれすれを滑空し始める。そして激しい戦闘を続ける者たちの間近を、矢のように突き進んでいった。

「ウオォ――――――ッ！」

ドラゴンの出現を認知した戦士たちが、いっせいに歓喜の雄叫《おたけ》びを上げる。

不利だった戦局が大きく変わったのは、あっという間だった。

大量に蠢《うごめ》いていた小物は、ドラゴンの〝気〟に触れたと同時にこの世から消え失せた。中型も目に見えて動きが緩慢になり、そのうちパンと弾けて黒い霧になる。

素早く逃げ出した大物を仕留めに走ったのは、ジークハルトを中心とする強者《つわもの》たちだった。

最強の戦士は長剣を振り上げ、凶暴な熊のような魔物を一刀の下、真っ二つに切断する。

断末魔の叫びを発した魔物はドオッと地面に倒れたと同時に砕け散り、真っ黒な塵《ちり》となって霧散した。

ジークハルトはすかさず二体目の魔物に飛びかかり、それもなんなく仕留める。

「すごいな……」

ジークハルトの大活躍に、奏矢は思わず握り拳を作り、満面の笑みを浮かべた。

「ここもほとんど片付いたようだ。今のところ、他の地域も問題ない。そろそろ水晶宮に戻るぞ」

「あ、はい」

クリスヴァルトがあちこちドラゴンを飛ばせていたのは、残存する魔物を調べるためだったらしい。一番出現数が多かった場所がここで、それも終息に近づいている。

「クリスヴァルト王！」

「光のエルフの王！」

魔物を屠った戦士たちは、ドラゴンの出現に、槍や剣を力強く振り回しながら歓喜の声を上げる。

「ドラゴンのディーバ！」

「ディーバ！」

竜を呼び出した歌姫を褒め称《たた》える声もあって、奏矢はなんとなく気恥ずかしさを覚えた。

みんな奏矢を天音だと思い込んでいるのだろう。

そんななかで、ドラゴンがゆるく旋回する。

三体目の大物を屠ったジークハルトが空を見上げ、目が合った奏矢はにっこりと微笑んだ。

「ジーク！」

ジークハルトも長剣を天に突き上げて、答えてくれる。

しかし、ドラゴンの飛翔速度は恐ろしいほど速く、その姿はあっという間に見えなくなった。

†

奏矢はクリスヴァルトとともに、ドラゴンの背に乗って、環状の森に囲まれた水晶宮に帰還した。

クリスタルの宮殿の一番高い部分の屋根は、丸く切り取られている。ドラゴンはそこから優雅に中へと下り立った。

ドラゴンが顕現したとの報がいち早く届いていたのか、大勢のエルフたちが怒濤《どとう》のように走り寄ってくる。そして、皆がいっせいに透明の床に跪いた。

クリスヴァルトの助けを借りて竜の背から下りた奏矢は、一番に天音の姿を探した。

けれども双子の片割れを見つけられないうちに、レオノーラと三人の側近たちが進み出てくる。

奏矢の前で両膝をついたレオノーラは、胸の前で腕を組み深々と頭を下げた。

「あなた様が誠の歌姫、だったのですね。……よくぞ、光の竜を呼び出してくださいました。今まで真のお姿を見抜けず、数々のご無礼を働いてしまいましたこと、このとおり深くお詫び申し上げます。どうぞ、お許しください」

面と向かって謝られ、奏矢は戸惑った。

竜を呼び出した功績が奏矢のものとなり、レオノーラはいっぺんに態度を改めたのだ。

あまりの激変ぶりに、何も答えられずにいると、今度は三人の側近たちが声をかけてくる。

「ディーバ、ドラゴンを呼び出してくださって、心よりの感謝を……これより先、このエルヴィンは、命を懸けてソウヤ様を守護させていただきます」

「アルフヘイムをお救いくださり、誠にありがとうございました。我が忠誠をソウヤ様に捧げます」

「知らぬこととは言え、あなた様を傷つけてしまった罪を、どうぞお許しください。今後は身を賭してソウヤ様をお守りします」

片膝をついた騎士たちに、奏矢はどうしていいかわからなかった。

今まで天音に捧げられていた忠誠が、自分のものとなっている。だが、それにどう反応していいものか、戸惑いを覚えるばかりだった。

奏矢への謝罪が済むと、今度はクリスヴァルトが説明を求められる。

大勢の騎士たちに囲まれた奏矢は、勝手な行動を取るわけにもいかず、じりじり待っているしかなかった。

本当は一刻も早く、天音に会いたいのに……。

ちらりと背後に目をやると、金の竜は、我知らぬ顔でまったり寛《くつろ》いでいる様子だ。

長い尾を鱗に覆われた身体に沿わせ、頭部を伏せて眠そうに目を細めている。

なんだか力が抜けるようで、奏矢はこっそりため息を漏らした。

「ソウヤ、おまえはもう行っていいぞ」

「え？」

突然耳元に囁かれ、奏矢はそばに立つクリスヴァルトを見上げた。

「早くアマネのところへ行きたいのだろう？」

「はい！」

まさしくそう望んでいた奏矢は、こくりと首を縦に振った。

「アマネなら元の部屋にいるはずだ」

笑みを浮かべたクリスヴァルトの答えに、奏矢は顔を輝かせた。

「行っていいんですか？」

「もちろんだ」

「ありがとうございます！」

奏矢は礼を言ったと同時に、出口を目指して駆け出した。

ぐるりと取り囲んでいたエルフたちが、さっと二手に分かれて、奏矢のために道を作ってくれる。

「お待ちください、ソウヤ様！　ご婚儀のご相談を……」

背後でレオノーラの叫ぶ声がしたが、奏矢は振り返ることなく走り続けた。

†

「奏矢！　心配したよ。なのに、何？　いつの間にか奏矢が英雄になってるんだもの。ずるいよ」

部屋で再会を果たした天音は、口を尖らせて文句を言いながらも、しっかりと抱きついてくる。

ドラゴンとともに帰還したことを、天音はすでに耳にしていたのだ。

その天音を抱き留めながら、奏矢はうっすらと頬を染めた。

「俺だって、びっくりだよ。でも、危ないところだったんだ。クリスヴァルト様が助けに来てくれなかったら、俺、闇の魔道士に捕まってた」

奏矢の格好はぼろぼろだ。服は破け、顔や髪にも汚れがついている。それでも奏矢は誇らしい気持ちでいっぱいだった。

純白のローブを着た天音は目を細めて奏矢を眺め、それから子供のように頬を膨らます。

「やっぱり、ずるいよ。ぼくが必死に笛を吹いてた間に、そんな冒険をしてたなんて」

「冒険なんて、生やさしいものじゃないよ。ほんとに危なかったんだから」

奏矢が思わず抗議すると、天音はふいに泣きそうな顔になった。

「うん、奏矢……頑張ったんだよね？　……ほんとに、無事でよかった」

「ごめん。心配させたよな」

奏矢は照れ臭さと申し訳なさとで、曖昧な笑みを浮かべた。

「それにしても、本物のドラゴンに乗って飛んでくるなんて、実際に目にした今でも信じられないよ」

「えっ？　天音、ドラゴンをもう見たの？」

驚きで目を瞠ると、天音は悪戯《いたずら》っぽい顔になる。

「この城の壁、透明になるの忘れてない？　奏矢がクリスヴァルト様と一緒に帰ってきたところ、遠くからだけど、ちゃんと見てた。それにしても、奏矢が本物の歌姫だったなんて、驚きだったね」

「うん、俺も驚いた。トラウゴットの闇の力が強くて、クリスヴァルト様が危ないって思った時、突然、天音が笛で吹いてた旋律が頭の中に響いてきたんだ。それと同時に、竜を呼ぶ歌の歌詞が浮かんで、あとはもう夢中で歌ってた。ドラゴンが飛んできてくれなかったら、今頃どうなってたか……」

奏矢は今までの経緯を簡単に説明し、ふうっとため息をついた。

すると天音は、じっと奏矢の顔を覗き込んでくる。何か言いたそうなのに、それを口にするのをためらっている感じだ。

「もしかして、これからのこと心配してる？　だけど、天音のことは絶対に大事に扱ってもらうから、大丈夫だよ。もし、エルフたちが邪険に扱うようなら、俺、ドラゴンにもう帰っていいって言ってやる」

奏矢が半ば本気で口にすると、天音は慌てたように手を振る。

「違うよ。そんなことじゃなくて」

「じゃ、何？　言いたいことがあるなら言えよ」

「うん、あのね。奏矢はもう元の世界には帰らないよね？」

「えっ？」

思いもかけないことを言われ、奏矢は目を見開いた。

どうしていきなりそんなことを言い出したのか、天音の気持ちがつかめない。

「だって、奏矢はクリスヴァルト様と結ばれて幸せでしょ？」

「ちょ、ちょっと待てよ。なんでそんなこと……っ」

真っ赤になって抗議すると、天音はくすくすと笑い出す。

「奏矢ってさ、ぼくに隠し事できると思ってるの?」

「いや、だけど、それは」

「奏矢、クリスヴァルト様のこと、好きなんでしょ? でも、ぼくが歌姫だって言われてたから、今まで遠慮してた。だってディーバこそが王の花嫁になるって話だったから」

簡単に核心を突かれ、奏矢はますます赤くなった。

天音は奏矢の肩にぽんと手を置いて、話を続ける。

「今はなんの遠慮もなくなったんだから、ずっとクリスヴァルト様のそばにいればいい。奏矢が結婚とかするの、まだ想像できないけど、奏矢が幸せならいいんじゃない?」

天音はあっさりそんなことを言うが、奏矢の心境は複雑だった。

「俺、結婚なんかしないよ」

「えっ? どうして?」

「だって、天音を一人になんかできないだろ? 元の世界には先に帰ってもらうかもしれないけど、俺もあとから追いかけるよ」

「クリスヴァルト様はどうするの?」

訊ねられた奏矢は、思わず俯《うつむ》いた。

クリスヴァルトを愛している。

その気持ちは今でも変わらないし、気づいた時より今のほうが強くなっている。

できれば、ずっとそばにいたいと思う。

でも、たまたま自分がディーバだったからという理由で、結婚してほしいとは思わない。義務でそばに置いてもらうなんていやだ。あり得ないことかもしれないが、クリスヴァルトが本当に自分を愛してくれれば、どんなにいいかとも思う。

トラウゴットは死滅したわけではなく、まだ本体は密かに生きている可能性が高いという話だった。これからクリスヴァルトは軍を率いて、トラウゴットの本体と、闇に潜む魔物の殲滅に向かうことになっている。

そして奏矢もドラゴンとともに、クリスヴァルトに同行することになっていた。

でも、すべてが片付いてしまえば、もうディーバとしての役目も終わる。

そうなれば、この世界で自分が存在する意味もなくなってしまうのだ。

クリスヴァルトは責任感が強く、信義を大切にしている。だから、きっと奏矢を伴侶として、いつまでも大切にしてくれるだろう。

だけど、義務だけでクリスヴァルトのそばにいるのは耐えられない。

「ぼくも元の世界に戻るの、やめようかなと思ってたのに、困ったな……」

ぽつりと呟いた天音に、奏矢は首を傾げた。

「天音？」

「とにかく、奏矢はクリスヴァルト様とちゃんと話をする必要があるみたいだね。ほら、クリスヴァルト様が来たよ？」

天音にそう言われ、奏矢は振り返った。

いつの間にかクリスヴァルトが真っ直ぐにこちらへと歩いてくる。

「アマネ、申し訳ないが、ソウヤと話がしたい。連れていってもよいか？」

クリスヴァルトの手が伸びて、ごく自然に腰を引き寄せられる。

「……クリスヴァルト様……」

奏矢は羞恥で頬を染めたが、天音はにっこり笑っただけだ。

「もちろんです。ゆっくり話してください。あ、そうだ。奏矢は元の世界に帰りたいなんて言い出してますよ？」

煽るような言葉に、クリスヴァルトが眉根を寄せる。

「それは問題だ。さあ、ソウヤ、こっちだ」

「え、ちょっと待ってください」

クリスヴァルトに性急に手を引かれ、奏矢は焦りを覚えた。

ちらりと後ろを振り返ると、天音がにこにこしながら手を振っている。

奏矢はそのあとすぐに、クリスヴァルトの私室へと連れ込まれることとなったのだ。

†

「ソウヤ、元の世界に帰りたいというのは本当か？」

部屋で二人きりになって、クリスヴァルトが焦ったように訊ねてくる。

腰を抱かれ、必要以上に身体が密着している状態だ。

「い、今すぐにってわけじゃないです。魔物を一掃するまでは、ちゃんと務めを果たします」

「それはありがたいことだが……」

クリスヴァルトは難しい顔のままで言葉を切った。

沈黙が続き、奏矢はどうしていいかわからなくなった。

身体が触れ合っているだけで心臓が高鳴る。息をするのも苦しいぐらいなのに、クリスヴァルトは何も言ってくれない。

そうして、もう耐えられないと思った時、エルフの王はようやく口を開いた。

「おまえがどうしても戻りたいと言うなら、行かせてやらなければならないだろう」

「あ……」

胸に思いがけない痛みを覚え、奏矢は唇を震わせた。

クリスヴァルトは引き留めてもくれないのだと思ったら、涙がこぼれそうになる。

トラウゴットと戦ったあと、あんなにも情熱的に口づけてくれたのに、甘い期待をした自分は愚かだ。

嗚咽を上げそうになるのを必死に我慢していると、クリスヴァルトはそのあと、驚くべきことを言い出した。

「ソウヤ、これが私の我儘《わがまま》だということは重々承知している。エルフの信義に外れる話だともわかっている。だが、この世界に残ってくれないだろうか？」

「クリスヴァルト様？」

視線を上げると、青紫の瞳でじっと見つめられる。

「ソウヤ、頼む。この世界に残ってくれ」

「でも、俺は……」

奏矢の心は揺れ動いた。

すると、クリスヴァルトは苛立たしげに抱きすくめてくる。

「やはり、絶対に駄目だ。いやだと言っても、おまえは帰さない。私のそばに置く」

いきなり意見を違《たが》えたクリスヴァルトに、奏矢はさらに胸が痛くなった。

「どうしてですか？　俺をそばに置いておきたいのは、俺がディーバだったからですか？」

低く訊ねると、クリスヴァルトは訝しげな顔になる。

「おまえは何故そんなことを訊く？　おまえがディーバだったことは、もう間違いのない事実だ。最初、アマネをそうだと思ったのは誤りだった。トラウゴットに目を曇らされていたからだ。しかし、おまえのお陰でドラゴンが顕現した。おまえがディーバであることは、今さら変えようがない」

クリスヴァルトは怒ったように続けるが、奏矢の気持ちはますます落ち込んだ。

「あなたは、俺がディーバだからそばに置きたいと言う。でも、俺はディーバになりたかったわけじゃない。いつもあなたのそばにいる天音を羨ましく思ったこともあるけど、それでも、俺は……っ」

奏矢はたまらなくなって、首を振った。

クリスヴァルトはそんな奏矢を強く抱きしめてくる。

温《ぬく》もりに包まれるとさらに胸が抉られるようで、とうとう涙がこぼれてきてしまう。

「なんてことだ……。やはりおまえは元の世界に帰してやるべきなのか……心から愛するおまえをこの世界に留めることは、許されないのか……」

クリスヴァルトが呻くように言う。

奏矢ははっとなって、涙で濡れた顔を上げた。

今のは聞き間違いだろうか？

間違いでないとしたら……！

「……クリスヴァルト様は、俺を……俺を……愛して、るんですか？」

「もちろんだ。おまえほど愛した者は他にいない」

当然だろうとばかりに肯定されて、奏矢は呆然となった。

「嘘だ……そんなこと、一度も……」

「愛していなければ、何故おまえを抱いたりできる？」

「だって、あれは〝闇の気〟を追い払うためだって」

「そうだ。〝闇の気〟を払うために、おまえを抱いた。しかし、愛していなければ抱いたりしない。闇に落ちるままに放っておけばいいだけだからな」

「嘘……っ」

「何故、嘘だと言う？　光のエルフは嘘などつかない」

クリスヴァルトはそう言って端整な顔をしかめる。

「あ、あなたは天音を伴侶にすると言っていたのに……」

「確かに、アマネがディーバだと思っていた時は、私にも迷いがあった。我々エルフは一度交わした約束を破るわけにはいかない。だからこそ、おまえを愛《いと》しく思っていても、口にはできなかった」

「そんな……」

信じられない言葉に、奏矢は首を振った。

「おまえは最初から気になる存在だった。エルフの王たる私を畏《おそ》れもせず、おまえは真っ向から反撥《はんぱつ》してきた。真摯に弟の身を案じ、闇に包み込まれそうになっても、必死に戦っていたおまえに、私はいけないことだと知りつつ、惹《ひ》かれてしまった。最後にはアマネとの約束を破ってでも、おまえのすべてを私のものにしようと思っていた。おまえが真のディーバであることを知って、どれほど天に感謝したことか。アマネには深く詫びなければならないが、私はおまえを心から愛しく思っている」

　奏矢はその瞬間、どっと新たな涙を溢れさせた。

「クリスヴァルトはずっと自分を愛してくれていた。それがようやくわかったのだ。

苦しかった。クリスヴァルト様……っ、お、俺……っ、クリスヴァルト様が好きになって、……だから、いのままだって思ってて……っ」

　奏矢は必死に訴えながら、クリスヴァルトにしがみついた。

「よかった。それなら、もう一度頼んでいいのだな？　ソウヤ、ずっと私のそばにいてくれ。元の世界には戻してやれない。それでもよいか？」

「……俺……、お、俺は……っ」

　それだけ言うのが精一杯だった。あとはもう声にならなかった。

　けれども、懸命にしがみついていたことで、気持ちは通じたのだろう。

「ソウヤ、おまえを私の伴侶とする。この先おまえは永遠に私のものだ」

　クリスヴァルトは真摯に告げ、そのあと奏矢を上向かせると、狂おしく口づけてきた。

「ん、く……んぅ」

熱い舌が滑り込み、口中をくまなく探られる。舌がいやらしく絡まると、一気に体温が上昇した。

「ん、ふ、……くっ」

クリスヴァルトは奏矢の顎をつかみ、角度を変えてさらに深く口づけてくる。

奏矢は蕩《とろ》けるような甘さに酔わされるだけだった。

今は何も案ずることがない。自分が想っているのと同じで、クリスヴァルトも愛してくれている。

それが、これほどの喜びを運んでくるとは、信じられなかった。

クリスヴァルトは、ふいに口づけをほどき、奏矢を抱き上げる。

「あ……っ」

軽々と横抱きにされた奏矢は、そのままそっと王の褥《しとね》へと運ばれた。

性急に汚れた上着を脱がされ、素肌が覗くと、すぐに掌《てのひら》を這わされる。クリスヴァルトは唇も寄せてきて、奏矢ははっと我に返った。

「駄目……っ、お、俺、汚れてる」

水晶宮に辿り着き、まだ湯浴《ゆあ》みも済ませていない。

魔物から逃げ、トラウゴットと戦い、さらにドラゴンに乗って飛んできた時のままだ。

汗や泥汚れでひどいのに、高貴な王に肌を舐めてもらうなんて許されない。

「私も同じだ。それにおまえはどこも汚くなどないぞ」

クリスヴァルトはそう言うが、奏矢と違って、髪の毛や服装、どこを取っても少しも乱れていなかった。

けれども、やわらかく微笑まれると、これ以上拒むことができなくなる。

「クリスヴァルト様……」

そっと名前を呼ぶと、すぐに愛撫が再開された。

露出した肌を、しっとりとくまなく舌で舐められる。トラウゴットに触られたおぞましさが、クリスヴァルトの舌できれいに清められていくようで、奏矢は陶然となった。

そのうちクリスヴァルトの舌が胸の尖りにも触れてくる。

「あ、あっ」

先端を口に含まれただけで、強い刺激が身体中を駆け抜けた。

舌先で潰すように舐められると、身体の芯までがじいんと痺れてくる。胸から遥かに遠い下肢までその痺れが伝わって、中心が恥ずかしげもなく張りつめていく。

「ソウヤはいつも可愛らしく反応する」

それに気づいたクリスヴァルトがくすりと含み笑うように言い、脚衣の上からそっと高まった場所を押さえてくる。

奏矢は羞恥のあまり耳まで赤く染めた。

「お、俺……ごめんなさい」

「どうして謝る？　私に触られてこうなるのだろう。おまえが感じてくれれば、私も嬉しい。だからソウヤ、私の手でもっと感じて、可愛らしく乱れた顔を見せてくれ」

音楽的な声でそう囁かれ、クリスヴァルトの手にある中心がさらにびくんと膨れ上がる。

「あ……っ」

クリスヴァルトは手早く奏矢の脚衣を下ろし、中心を剝き出しにしてしまう。

「ソウヤ」

大きな手で根元から直《じか》に擦り上げられて、奏矢はあまりの気持ちよさに身を震わせた。

「ああっ」

先端の窪みを指で引っ掻くように触られると、じわりと蜜まで滲んでくる。

クリスヴァルトは美貌を伏せ、舌で乳首にも触れながら、自在に駆り立ててくる。奏矢はあっという間に、限界まで追い込まれた。

「ソウヤ、もう達きたいのか？」

甘く訊ねられ、思わず噴き上げてしまいそうになったが、奏矢は必死に衝動を堪えた。

「やっ、俺だけなんて……いやだ。クリスヴァルト様も……っ」

奏矢は息も絶え絶えで訴えた。

自分は腕にシャツを絡めているだけの淫らな格好にされたのに、クリスヴァルトはまだ豪奢な軍服のままだ。

懸命に首を振っていると、クリスヴァルトは極上の笑みを浮かべる。

「私にも肌を見せろと催促しているのか?」

ストレートに問われると、かっと羞恥にとらわれて、いたたまれなかった。

それでも奏矢は恥ずかしさを堪え、こくりと頷いた。

クリスヴァルトはさらに笑みを深めながら半身を起こし、さっと上着を脱ぎ捨てる。次にはたっぷり襞《ひだ》のついたシャツを脱ぎ、最後には下半身からもすべてを取り去った。

「あ……」

現れた見事な裸体に、奏矢は息をすることも忘れて見惚れた。

肌理《きめ》の細かい肌は真っ白で、傷一つない。しなやかな筋肉に覆われた逞しい身体は、本当に芸術品のようだ。

この力強い王が、自分を伴侶として選んでくれたことが、心底嬉しかった。

美しい裸体をさらしたクリスヴァルトは、青紫の目でじっと見つめてくる。

そっと上体を傾けられると、銀色の長い髪が肩から滑り落ち、きらりと輝きを放った。

その髪が剝き出しの肌に触れただけで、小刻みに身体が震える。

「これで満足したか?」

からかうように問われ、奏矢は無意識に手を伸ばした。

銀色の髪から覗く尖った耳に、思わず触れてしまう。

ぴくりとその耳が震え、奏矢は反射的に手を引っ込めた。

「ご、ごめんなさい」

「何を謝ることがある？　おまえにだけは教えよう。私の弱点は耳だ。そこに触られると、ぞくりとなる」

「ほんとに？」

訊ね返した奏矢に、クリスヴァルトは極上の笑みを浮かべただけだ。

「ソウヤ、おまえを愛している。おまえが私のものであり、私がおまえのものであると、確かめ合おう」

「……はい」

奏矢はうっすらと頬を染めながらも、こくりと頷いた。

かつては〝闇の気〟を払うためだったが、気持ちの通じ合った今、この行為は特別な意味を持つ。

愛する人と身体を繋げる行為が、これほどの幸せをもたらすとは知らなかった。

「ソウヤ」

クリスヴァルトは優しく囁いて、愛撫を再開した。

手と舌で身体中に触れられて、奏矢は身も心もとろとろになるまで蕩かされた。

「愛してます」

入念に準備をほどこされた後孔に、熱いクリスヴァルトの分身を受け入れる。

「ソウヤ、私のディーバ」

クリスヴァルトは熱っぽく囁きながら、深くまで入ってきた。

「あ、あぁ……あ」

狭い場所を無理やり広げられて苦しい。でも、熱く逞しいものを深く受け入れる喜びは何物にも代え難かった。

奥の奥まで開かれて、クリスヴァルトと一つになる。

奏矢の最奥で、エルフの王は力強く脈打っていた。

エピローグ

アルフヘイムの光の国――。

光のエルフの王は、愛する歌姫とともに、金のドラゴンに騎乗していた。

クリスタルの尖塔の天辺《てっぺん》にその姿が現れると、水晶宮前の広場に集まったエルフ族の騎士、そして人間族の兵士、ジークハルトを筆頭とする獣人族の戦士たちから、勇ましい歓声が上がった。

ジークハルトは晴れて奴隷契約が終わり、今までとは比べものにならないほど立派な軍装に身を固めていた。

闇の魔道士を完全に滅ぼし、アルフヘイムの世界から魔物を一掃する。

そのための戦いの準備が整ったのだ。

奏矢は光のエルフの王とともにあり、その双子の弟、天音もまた、エルフの騎士に守られて戦陣に加わっていた。

光のエルフ――妖精王の花嫁となる真の歌姫は奏矢だった。しかし、天音がこの世界に召喚されたことにも何か大切な意味があるはずだと、エルフ族の見解は一致したが、その謎はまだ明らかにされていない。

王に抱かれてドラゴンに騎乗した奏矢は、純白の軍服に身を包み、双子の片割れと目を合わせて、にっこり微笑んだ。

光のエルフの魔道士レオノーラからは、一人ずつなら元の世界へ戻れる可能性があると言われている。けれども、奏矢と同じく天音も、このアルフヘイムに残る決意を固めた。

二人は、突然の失踪で心配させ、また迷惑をかけた人たちに、少しでも安心してほしくて、手紙を送ってもらうことにした。

奏矢と天音が暮らしていたマンションか、あるいは学校の教室か、そこで、ある日誰かが何かを見つける。

手紙か、日記か、それとも本に挟んだ栞《しおり》に書き付けた文章か……。

とにかく、それを手にした者は、きっと奏矢と天音の消息を見つけるはずだ。

二人はアルフヘイムという世界で、元気に暮らしている——。

信じるか信じないか、それは見つけた者次第の話——。

水晶宮の地下には、失われた魔道に関する古文書が存在するという。今行われている研究がもっと進めば、いつの日か、簡単にアルフヘイムと日本とを行き来できる日が訪れるかもしれない。

だが、愛する人のそばにいたいという奏矢の想いは、永遠に変わることはないだろう。

準備が整ったことを確認した王が、後ろから声をかけてくる。

「ソウヤ、行くぞ」

「はい」

「この戦いが終われば、おまえを花嫁とする。いいな、ソウヤ？」

そっと囁かれ、奏矢は頬を染めながらも、しっかりと頷いた。

愛する王に抱かれた奏矢は、ドラゴンとともに、晴れ渡った大空に力強く飛翔する。

冒険はまさに、始まったばかりだった。


──了──

あとがき

こんにちは、秋山みち花です。【妖精王と二人の花嫁】をお手に取っていただき、ありがとうございます。異世界トリップ・ファンタジー、いかがだったでしょうか？

本書を書くきっかけとなったのは、担当様からのアドバイスでした。「異世界トリップとか、どうですか？　お花ちゃんが二人でプルプルしてるのとか……」この名言にピピッと触発されて生まれたのが、今回の王道異世界トリップです。いつも秋山の抽斗を上手に開けてくださる担当様には本当に感謝です。

もう一つポイントを挙げるとすれば、ロン毛キャラでしょうか。秋山は自他共に認める筋金入りのロン毛好きです。受け攻め関係なく、ロン毛キャラは無条件で大好き！　今回はクリスヴァルト様をはじめとするエルフ族の面々がロン毛組で、書いてて楽しかったです。余談ですが、担当様もロン毛好きだそうで、金髪だ、黒髪だ、ストレートだ、ウエーブだと、大いに盛り上がりました。

イラストは街子マドカ先生にお願いしました。クリスヴァルト様、奏矢と天音、麗しいカバーイラストと、画像が届くたびに、ふわぁ～ってなってましたが、中でも秋山の一番のお気に入りは、ちみキャラで描いてくださったモノクロのラフでした。表情がとにかく可愛くて、クリスヴァルト様に迫られて泣きそうな奏矢とか、真剣！　って感じのクリスヴァルト様とか、悶え転げてしまいました。読者様にお見せできなくて本当に残念です。

というわけで、街子先生、ステキなイラストありがとうございました！

そして、ご苦労をおかけした担当様、編集部の皆様、制作に携わっていただいた方々も、ありがとうございました。

いつも応援してくださる読者様、本書が初めてという読者様にも、心より御礼を申し上げます。ありがとうございました。

機会があれば、天音ちゃん編もぜひ書きたいなと思っております。本作のご感想や、今後の作品に対するご希望などお聞かせいただけると、すごく励みになります。お待ちしておりますので、よろしくお願いします。

秋山みち花　拝

✦初出　妖精王と二人の花嫁……………書き下ろし

秋山みち花先生、街子マドカ先生へのお便り、本作品に関するご意見、ご感想などは
〒151-0051 東京都渋谷区千駄ヶ谷 4-9-7
幻冬舎コミックス　ルチル文庫「妖精王と二人の花嫁」係まで。

幻冬舎ルチル文庫

妖精王と二人の花嫁

2015年8月20日　第1刷発行

✦著者　秋山みち花　あきやま みちか

✦発行人　石原正康

✦発行元　株式会社 幻冬舎コミックス
〒151-0051 東京都渋谷区千駄ヶ谷 4-9-7
電話 03(5411)6431［編集］

✦発売元　株式会社 幻冬舎
〒151-0051 東京都渋谷区千駄ヶ谷 4-9-7
電話 03(5411)6222［営業］
振替 00120-8-767643

✦印刷・製本所　中央精版印刷株式会社

✦検印廃止

ISBN978-4-344-83515-3　C0193　Printed in Japan